필멸하는 인간의 덧없는 방식으로

천재성은 복제되지 않는다.

하지만 영감은 전염되고, 그것도 여러 형태로 전염된다.

그리고 힘과 공격성이 아름다움 앞에서 취약해지는 모습을

가까이에서 바라보는 것만으로도, 우리는 영감을 느끼고

(필멸하는 인간의 덧없는 방식으로) 만족하는 것이다.

『재밌다고들 하지만 나는 두 번 다시 하지 않을 일』

(DFW의 에세이, 김명남 옮김)

필멸하는 인간의 덧없는 방식으로

예서

2020년 9월 22일 화요일

..

나는 왜 쓰는가. 왜 또 쓰는가.

심심해서 쓴다. 조금 더 피가 더웠을 때는 뭐라고 중얼중얼 거렸지만 이제는 그 중얼거림을 뭉개기 위해 쓴다. 내 말을 풀어서 쓰자면 할 말이 없어서 쓴다. 그것이, 그것만이 내가 키보드를 두드리는 까닭이다.

메모 🖉
교보문고를 교보문구로 아는 사람도 내 친구다.

2020년 9월 23일 수요일

가을날이다.

당연하고 엄연한 이 사실이 새삼 눈앞에 소슬하다.

물론 겪어본 가을이 아니라 처음 맞는 가을이다. 새삼스럽다는 표현은 나의 상투성에 대한 자가 반응이다. 의자를 반 바퀴 돌리면 눈에 바로 불암산 전경이 들어온다. 창문을 열었더니 완전 가을바람이다. 누구 손으로도 어찌할 수 없는 바람결이다. 그저 창턱에 기대어서 산이랑 하늘이랑 엷게 떠있는 몇 조각의 구름을 본다. 이럴 때의 나는 또 누구인가. 머릿속이 맑아졌다. 아무것도 없다. 어떤 이론도 어떤 개념도 어떤 시놉시스도 없다. 기쁨도 고통도 연민도 혐오도 없다. 몸통은 비워버린 2리터짜리 생수통 같다. 이럴 수도 있구

나. 세상적 찌꺼기가 다 빠져나간 듯.

이 순간에 시가 읽고 싶다는 생각이 올라왔다.

시? 나도 놀란다. 쓰고 싶다는 생각은 늘 있는 거지만 시가 읽고 싶다는 생각은 드물다. 그것이 누구의 시건 상관이 없다. 이런 날 이 순간 이런 기분에 꼭 맞는 시 한 편, 아니 시 한 줄이라도 읽고 싶다. 맑고 가벼운 욕망이다. 읽고 싶은데 읽고 싶은 시가 떠오르지 않는다. 동서고금의 시들이 이 순간 무력하다. 그동안 읽어 왔던 시들은 다 무엇인가. 그리고 내가 밤낮없이 써댔던 시들은 또 무엇인가. 그런 생각을 하자 기가 막혔다. 이미 제작된 시들은 내게 아무런 흥미가 되지 못하다니. 이 문제는 내게만 문제가 되는 증상이다. 시는 저금이 되는 게 아니다. 급기야 그런 성급한 결론 문장을 타자하게 된다. 이것은 맞고 안 맞고의 문제는 아닐 것이다. 어느 가을날 아침에 내게 도착한 생각 한 줄이다. 시가 읽고 싶은데 (격하게 말해서) 읽고 싶은 시가 없다는 것. 갈증은 있는데 생수 한 모금이 없는.

오후에는 치과에 가기 위해 중계역 2번 출구를 빠져나왔다. 예약 시간이 남아서 버스 정류장 의자에 앉아서 남는 시간을 보내기로 한다. 주머니에서 스마트폰을 꺼내려다 그만둔다. 내 앞에 살아있는 현재가 상연되고 있지 않은가. 플라타너스 잎사귀 위로 가을빛이 미끄러진다. 시간이 흐르는 것이다. 강남으로 가는 버스도 지나가고 광화문으로 나가는 버스도 지나간다. 버스들 사이로 젊은 오토바이가 빠르게 달려나간다. 구급차는 생각보다 과장된 볼륨으로 사이렌을 울리며 거리를 뒤흔든다.

*

시를 쓰지 않은 지 꽤 오래 되었다.

짐작으로 1년이 넘은 듯싶다. 못 쓰는 것과 안 쓰는 일은 좀 다르다. 쓰려는 의지가 있는데 손가락의 협조가 없는 것은 못 쓰는 것이고, 의지나 시의 기미 자체가 소거된 것은 안 쓰는 것이다. 그렇게 하려고 한 것은 아니지만 핑계를 찾아본다면 그동안 두 권의 산문작업과 산문소설을 쓰느라 시를 생각할 겨를이 없었다고도 생각해 본다. 화분에 물주는 것을 잊어버린 사이에 화초가 시들어버리는 이치랑 비슷한

가. 그럴 수도 있다. 시가 흐르는 중간 밸브를 잠가놓은 것 같다. 그래서 시가 발기한다는 어떤 징후도 몸에 드러나지 않는다. 그래도 괜찮은가. 내가 괜찮다면 괜찮다. 시 한 줄 없어도 아무렇지 않은 상태. 그것이 왜 불안해야 될 일인가. 시의 적막, 적요, 적멸, 입적. 이렇게 한동안 시와 헤어져 지내기를 바란다. 똑같은 내용, 똑같은 단어, 똑같은 목소리가 지겨운 게 아니다. 새로운 발상, 새로운 문체, 새로운 행태를 갈망하는 것도 아니다. 내게서 또는 내 주변에서 그런 소망들은 다 소진되었다. 텅 빈 갈망들이다. 그럼 나는 이 나이에, 이 순간에 무얼 바라고 있는 걸까. 당분간 그런 생각이 내게 머물 것이다.

메모 ✐

나는 글을 잘 쓰거나 쉽게 쓰는 사람, 놀라운 재능을 가지고 있고, 항상 특별한 글을 쓰는 사람을 작가라고 생각하지 않는다. 작가란 희망이 없을 때조차 자신의 글이 어떤 약속도 보여주지 않을 때조차 어쨌든 계속해서 글을 쓰는 사람이다(로디 도일).

2020년 9월 24일 목요일

전준엽 화백의 책『화가의 숨은 그림 읽기』를 읽는다.

나는 특히 책의 뒷부분에 배치된 고람 전기(1825~1854)가 그린 〈매화초옥도〉에 눈길이 간다. 화백의 친절하고 정확한 설명에 이끌리기도 했지만 나와는 상관없는 세계라고 여겨졌던 그림 속 이야기가 나의 어떤 부분으로 건너옴을 느꼈다. 그림은 '겨울 한가운데 산골에 초옥을 짓고 묻혀 사는 벗을 찾아간다는' 내용이다. 매화가 가득 핀 오두막에 세상으로부터 자발적으로 격리된 선비의 독거가 있고, 그림 아래에는 어깨에 거문고를 둘러메고 다리를 건너는 친구가 있다. 그림에 대해 나는 더 이상 설명할 게 없다. 특별한 소통 수단이 없었던 시대에 다리품을 팔면서 찾아가는 먼 길의 심사는 각별하다. 추사 김정희가 더없이 아꼈다는 전기는 스물아홉 살에 죽었다고 전한다. 여기까지만 쓴다.

메모 ✏️

연평도 실종 공무원, 북조선 인민군이 사살 후 소각.

2020년 9월 25일 금요일

내가 시인일까.

의심이 든다. 왠지 아닌 것 같다. 시를 쓴다고 시인인 건 아니다. 내가 그렇다. 시는 한글만 깨우치면 누구나 쓸 수 있다. 시는 그것만으로 안 되는 어떤 균열 속에 던져져야 한다. 자기 시대를 상실하고 담론도 소진된 마당에 어두운 골방에서 꾸역꾸역 시를 쓰는 일은 애달픈 노릇이다. 나르시스적 열정이 아니라면 무엇으로 변명하겠는가. 시를 쓰고 시집을 한 권 더 추가한다는 물량적 쾌감은 있겠지만 쓰레기를 보탰다는 자괴감도 피하기 어렵다. 다른 방법이 있는가. 나는 대안이나 출구를 모르는 채로 책상 앞에 앉아 있다. 위험하고 허망한 것은 무모한 열정과 방향없는 신념이다. 천재들의 작업이 굵고 짧은 리듬 속에 놓여 있다면 사정이 그렇지 못한 시인들은 가늘고 긴 문필의 여정을 지나가야 한다. 비루한 도정이다. 나는 딱한 나를 위해 변명해둔다. 어떤 희망도 보장도 없이 그저 쓴다. 시쓰기가 나를 완성하는 것은 아니지만 자판을 두드리고 있는 동안의 그 순수한 몰입만은 나의 것이다. 한 편의 좋은 시가 아니라 무모하게 실패한 시 한 줄 속에 나는 깃들어 있을 것이다.

메모 ✐

집앞 메가커피에서 2천원 주고 냉커피를 샀다.
올해 내가 마시는 마지막 아이스 아메리카노이지 싶다.
내 방식으로 여름과 작별하는 의례.

..

2020년 9월 26일 토요일

..

아주 맑은 선율이 지나간다.

가을밤에 유의해서 선곡한 음악인 것 같다. 정신은 더 맑고 또렷하다. 귀를 좀 더 열고 나는 음악을 끌어모았다. 생각해보니 이건 내가 기다렸던 재즈는 아니다. 기껏해야 일주일에 토요일과 일요일 자정, 정확하게는 일요일과 월요일에 한 시간씩 방송하는 재즈는 이미 지나갔다. 나도 모르게, 어쩔 수 없이 잠깐 졸았던 모양이다. 졸다니. 기다렸던 재즈가 나오는 시간에는 졸았고, 이어지는 초저녁 프로그램이 재방되는 시간에는 눈을 뜨고 지나간 재즈를 기다린다. 그것도 한 30초 이상 지난 뒤에야 사태를 알아챈다. 몹시 아쉽다. 좀 아쉽다. 아쉽다. 아쉬움을 다 씹은 뒤에는 지나갔으니 할 수 없다고 순하게 포기해 버린다. 실은 내가 재즈를 엄청 즐기는 사람처럼 여겨질지도 모른다. 나를 모르는 사람들은 그렇게 이해해도 어쩔 수가 없다. 나는 나와 다르고 내가 쓴 문장과 같지 않다. 비슷할 뿐이다. 그러면서 속는다. 속고 싶다. 속을 뿐이다. 속다를 검색하면 두 가지 뜻이 나온다. 1. 빠져서 넘어가다. 2. '수고하다'의 방언. 둘 다 그럴 듯한 의미다. 내 아버지는 두 번 째 의미를 즐겨 사용했다. 어렸을 적 아버지는 심부름 시킨 뒤에 '속았다'고 말해준다. 애썼다는 격려의 말이다. 누군가의 꾀임에 넘어가지 않고서야 수고를 감당할 수 있겠는가. 일주일 동안 내가 그 자정에 틀어대는 재즈를 기다리는 것은 사실 재즈라는 음악형식이 아니라 재즈라는 속임수일지도 모른다. 재즈가 아니라면 다른 무엇을 기다리며 졸고 있을 것이다.

*

　군산에 가려는데 몸을 일으키지 못하고 있다.
　거기 가면 다른 데서 찾을 수 없는 느낌을 만날 수 있을 것 같다. 꼭 그럴 것 같다. 왜 군산인가? 가까이는 장률의 「군산-

거위를 노래하다」가 있을 테고, 멀리는 채만식의 소설 『탁류』
가 버티고 있다. 그렇기는 하지만 꼭 그런 것은 아니다. 군산
에 가면 내가 왜 군산을 지목했는지 비로소 답이 얻어질 것
이다. 헛걸음이어도 괜찮다. 거기 가서 이리저리 헤매다가 어
느 골목에 나를 두고 올지도 모른다. 그리고 서울에 돌아와
서는 나 없는 나로 살아보자. 아무렇지 않으면 그대로 살 것
이고, 불편하면 다시 군산에 가서 나를 데려올 것이다. 내일
은 리허설 삼아 중랑천을 따라 오래 걸을 것이다.

메모 ✏️

오늘이 글렌 굴드 생일인가 보다.
그의 허밍이 가을 창문에 번진다.
시를 쓰면서 시의 행간에 콧노래를 섞을 날 있으려나.

..

2020년 9월 27일 일요일

..

내가 시를 쓰지 않는다면 어떻게 될까.

시 쓰는 인간 한 명이 감소하겠지. 그렇군. 내가 다시 시를 쓴다면 어떻게 될까. 줄어들었던 시단 인구가 제자리로 돌아오겠지. 그렇군. 내가 시를 쓰고 안 쓰고의 차이가 없다는 말이군. 마땅히 그러하다. 이런 현상을 설명하는 자연의 법칙 같은 게 있을 듯 싶다. 내가 시를 쓰는 행위와 세상과는 아무런 인연이 없다는 설명이 가능해진다. 쓸쓸한 일이지만 그게 정답이다. 이 대목을 누가 읽는다면 그 사람도 쓸쓸해지기는 마찬가지겠다. 나는 코로나19가 창궐하고 있는 펜데믹 시절에 산문집 두 권을 인쇄했다. 그리고 지금 나는 또 쓰고 있다. 나는 나 자신의 이런 증상을 설명할 길이 없다. 원하건

대 휴식년을 가지고 싶지만 그게 잘 되지 않는다. 왕성하고 열정적인 사명감의 실천은 아니다. 써야 할 거리가 샘솟는 것도 아니다. 냉장고 문을 열어놓고 묵은 식재료를 찾는 일에나 비유할 수 있겠다. 열려 있는 냉장고에서 냉기가 다 빠져나가는 게 보인다. 내 글을 읽을 독자는 없다. 있다손쳐도 돋보기를 쓴 계층에 한정된다. 쓰는 일이 소용없다. 소용없음의 소용이 나의 글쓰기다. 무슨 궤변이냐고 리얼리스트들은 반박할 것이다. 나는 되받아서 돌려줄 논리가 더는 없다. 인쇄나 북콘서트나 기자회견이나 낭독회가 이 글쓰기의 도착점은 아니다. 트위터나 페이스북이나 블로그에 업데이트하는 것도 이 글쓰기의 터미널은 아니다. 지인들에게 회람시키려는 의도 같은 것도 아니다. 그럼 뭐냐. 뭣도 아니다. 매일 아침 손을 깨끗이 씻고 자판을 두드린다. 그저 두드린다. 키스 자렛이 건반을 두드리듯이. 은퇴한 타이피스트처럼.

메모 ✏️

"한 잔의 술을 마시고 / 우리는 버지니아 울프의 생애와 / 목마를 타고 떠난 숙녀의 옷자락을 이야기한다." 이 순간에 나는 박인환의 「목마와 숙녀」의 인트로를 읊조린다. 시에 대한 비평적 소견은 외면한다. 그러고 싶을 뿐이다.

2020년 9월 28일 월요일

    전철역 승차 대기선에 서 있는 노인을 본다.

    나도 국가지정 노인이니까 노인이 노인을 바라본다는 말이 객관적이다. 그는 철지난 의상을 깔끔하고 단정하게 걸치고 있다. 바지통은 요즘 옷들과 다르게 넓었고, 양복의 길이도 엉덩이 근처를 덮는 정도다. 늙은 대통령도 그렇게 입지는 않는다. 십년 아니 이십년 저 너머의 패션이다. 그때는 그럴 듯 했을 시절감각이지만 지금은 아니다. 너무 아니올시다. 약간만 감각이 살아 있어도 저렇게 입지는 않는다. 유행이 지난 옷을 걸쳤다는 이유만으로 노인은 다른 시선에 의해 시대에 뒤진 인물로 치부된다. 거기에는 감각만으로 탓할 수 없는 어쩔 수 없는 여러 요인이 복합되었을 것이다. 철철이 옷을 바꾸어 입으며 대인관계를 벌여야 할 현업이 면제되면서 이완된 긴장감, 변화된 시대감각과의 부적응, 자기 시대에 대한 고집, 익숙함, 생소함에 대한 사양, 제철 옷을 살 수 없는 구매력 등이 뒤섞여 있을 것이라고 본다. 멀리 갈 것 없이 나만 하더라도 옷장에는 몇 벌의 양복이 입을 일 없이 걸려 있다. 그 옷을 입고 움직였던 사회생활을 옷장 안에서 조용히 반추하고 있다. 당시에는 괜찮았던 그 당대의 옷이다. 지금은 입어보면 왠지 어색하다. 옷의 색상과 디자인과 품과 길이가 다 어색하다. 내가 입었던 옷이기에 내 옷이 아니라고 할 수 없다. 거기엔 내 기쁨과 웃음과 명랑과 서글픔과 짜증이 다 배어있기 때문이다. 옷가게 들러서 옷을 고르다가 그냥 돌아선 적도 있다. 요즘 옷이라지만 요즘 옷은 요즘 나에게 도무지 어울리지 않았다. 그래서 철이 지났지만 입던 옷을 다시 입게 된다. 이 습관이 꼭 좋다는 것은 아니다. 불가피성을 말하는 게다. 생각도 옷처럼 그렇게 철철이 바뀌기는 어렵다. 쫌 낡은 표정으로, 한참 철지난 세계관으로 산다. 어쩔 수 없으므로. 또 그게 나였기에. 불가피의 가피력도 힘이다. 生死事大 無常迅速.

*

요즘 시를 끊고 있다.

쓰지도 않지만 읽지도 않는다. 아무렇지 않다. 시가 쓰여지지 않아서 괴롭다는 말을 들은 적도 있다. 마른 수건을 짜면 그렇고, 없는 재주를 착취해도 그렇고, 자신 안에 없는 시를 부를 때도 괴롭다. 시가 안 된다고 허둥대는 근원들이 그렇다고 나는 생각한다. 반대방향도 있다. 시가 쉴새없이 쓰여지는 경우들. 그 역시 시가 쓰여지지 않는 근원들처럼 함정이기 쉽다. 접신이라는 말을 들먹이는 경우도 있는데 훗날에 다가올 자기 모멸의 순간을 당겨서 치루는 일일지도 모른다. 시가 와도 이웃집 여자 보듯이 목례만 까딱하고 지나가자. 그 순간을 일일이 시라고 환대하지 말자. 지나갔던 시가 가던 걸음 되돌아와서 문을 쾅쾅 두드리며 화라도 내거든 그때 한번 안아보자. 오랜만에 안아보는군. 짐짓 아무렇지 않은 척 하면서.

**

훗날 누군가 나의 전기를 쓰게 될 것이다.

나는 그런 날을 대비해, 전기 작가를 속이기 위해 오늘을 산다. 시를 쓰고, 산문을 쓰고, 산문소설도 쓴다. 전기 작가는 전기 집필을 위해 자료조사를 할 것이고, 나와 상관 있다고 판단되는 지인들의 의견을 수집할 것이다. 전기 작가는 몇 가지 난점을 자기 식으로 해석하고 봉합할지도 모른다. 우선은 별 도움이 안 될 것이 뻔한 지인들의 인터뷰다. 작가는 지인들이 뱉어내는 나에 관한 상투적인 회고의 무가치성을 꿰뚫어볼 것이다. 선생님의 말씀이 시인의 삶을 재구성하는 데 큰 참고가 될 것입니다. 그렇게 말하고 전기 작가는 지인들의 인터뷰 녹음 파일을 미련 없이 지울 것이다. 그는 대개의 인터뷰가 헛일임을 금방 깨우친 것이다. 여러 과정을 우회하면서 전기 작가는 내가 쓴 텍스트로 돌아오게 될 것이다. 그가 만나는 것은 나에 대한 팩트가 아니라 픽션이 될 것이다. 그러나 나는 결국 한 편의 수수께끼로 남을 것이 확실하다. 전기작가가 구성한 수수께끼야말로 나에 대한 임팩트가 될 것이다.

메모 ✐

≪창작과비평≫ 가을호 광고가 떴다.
누가 대신 읽고 리뷰해주면 좋겠다.
시네아티스트 에리크 로메르의 인터뷰집을 구해봐야겠다.
아마추어리즘의 가능성이라는 서브 타이틀에 끌린다.

..

2020년 9월 29일 화요일

..

올가 토카르추크의 이메일 인터뷰를 읽었다.

지난 해 그녀의 소설 『방랑자들』을 맛있게 읽은 독자로선 소설 작성자의 육성이 흥미롭지 않을 수 없다. 사실 『방랑자들』은 이렇다 할 이야기의 줄기라는 게 거세된 낯선 형태의 소설인지라 황당스럽다. 오늘날 우리는 윈도우 창을 여는 것과 같은 방식으로 사고한다는 데 착안해서 별자리 소설을 고안하게 되었다고 설명했다. 이거 소설 맞나. 이런 소설에 노벨상이 주어져도 되는가. 그런 생각을 하면서 읽었지만 근래에 읽은 것 가운데는 이 소설이 단연 낯설고 새롭다. 우리는 여전히 리얼리즘이다. 우리나라 작가들의 노벨상 수상에 대한 기대가 없지 않으나 그것은 문화면 기사 작성자들의 경박한 직업적 증상일 뿐이다. 황석영은『철도원 삼대』출간 기자회견에서 한국 작가의 노벨문학상 수상 가능성에 대한 질문에 '그건 이제 낡은 이야기'라고 잘라 말했다. 옳은 말이다. 그러나 그와는 다른 차원에서 우리 쪽에는 노벨상 후보자가 없다고 썼다가 교정과정에서 수정했다. 내가 관여할 문제가 아니다. 이때의 노벨상은 특정 상을 가리키는 게 아니라 글로벌리즘에 어울리는 소설을 지칭한다. 잘 쓰는 작가는 여럿 꼽아볼 수 있으나 그건 국내 리그에 국한된다. 세 편의 소설을 동시에 쓰고 있다는 것과 폴란드의 시골 마을에서 쓴 소설이 세계적인 대도시 독자들에까지 전달된다는 것에 경이를 느낀다는 작가의 말에 새삼 경이를 느낀다. 인간사의 핵심, 생의 본질은 다 같다는 것. 갈 길은 먼데 서쪽 하늘은 물들고 있다.

ㅎ

'오늘은'이라고 쓰고 자판에서 손을 떼자

오늘이 육체를 가진 실감으로 다가온다. 오늘이라고 자판을 문지를 것이 아니라 오늘을 살아야겠다. 오늘은 걷기로 한다. 두어 번 가봤던 경춘선 숲길이 떠오른다. 2010년에 폐선된 경춘선이 지나가던 철길을 숲길로 만들어놓았다. 연남동 경의선 숲길과 같은 발상이다. 걷는 일에 설명과 각주는 필요없다. 잔소리다. 웬 철학적 해석? 그냥 걷자. 세속에서 세속을 통해 세속을 벗어나고 세속으로 돌아오는 걷기. 이 문장 역시 구중중한 설명이자 해석이군. 숲길을 걸으면서 설명과 해석과 이론과 논리로 더럽혀진 세상을 벗어나 도망쳐야겠다. 도망친 남자.

메모 ✐

지난 밤에 약간 공들여 쓴 시가
아침에 찾아보니 저장 실수로
다 사라졌다 헛수고한 밤이었지만
불만 없다

'지나가는 시에 제목 붙이기'라고 메모한다.

..

2020년 9월 30일 수요일

..

쓰고 나면 또 그 소리다.

내 글을 읽는 사람이 있다면 이 친구 또 그 소리군. 변화가
없어. 업그레이드라고는 찾아볼 수 없어. 이렇게 타박하고 책
을 덮을지도 모른다. 똑같은 생각, 똑같은 느낌, 심지어 똑같
은 한글로 시를 쓴다고 타매할지도 모른다. 그 식이 장식이
다. 사실 그렇지는 않다고, 조금은 다르다고, 나름 고심하고
있다고 항변할 수 있지만 아무도 들어주지 않을 것이다. 시
인 아저씨, 됐다구요.

나는 나도 모르게 언제나 첫시집의 자리로 되돌아온다.

딴에는 다른 문으로 들어온다고 들어왔는데 늘 그 문

이다. 내 속에는 호르라기를 삼킨 삐에로가 들어있는가 보다. 숨쉴 때마다 삑삑거리는 같은 소리가 흘러나온다. 내 시는 그 소리를 모시기 위한 언어 질서일지도 모른다. 삶은 반복이다. 그러나 늘 다르게 반복된다. 다르게 또는 틀리게. 반복되는 나의 시는 반복 강박, 일종의 끝이 없는 도돌이표 변주다. 여러 단계의 변화를 실험하는 시들은 놀랍다. 그들이 걸친 새로운 언어의 의상과 도발이 좋다. 나는 그러나 부러워할 수가 없다. 부러워지지 않는다. 이것이 불가피한 증상이지만 이 증상이야말로 내가 쓰는 글의 핵심인지도 모르겠다. 그냥 쭉.

*

시를 쓴다
이것은 하나의 의식일 뿐
화면 위에 글자가 떠오르고 글자들은
수인사없이 서로를 껴안는다
화면 속의 문장을 바라보며
다음에 올 삐딱한 문장을 기다린다

이 기다림엔 끝이 없을 것

어떤 말은 지평선 너머에서

어떤 말은 동네 뒷골목에서 걸어온다

어제의 말이 밀려오고

내일의 말도 밀려온다

어마어마하구나 저 파도소리

가을날의 일순간을 나는 이렇게 보낸다

메모 ✐

어제 재즈수첩의 마지막 곡은 한국 재즈계의 대모로 불리는 박성연의 녹음이었다.
Everytime We Say Goodbye 엘라 피츠제랄드보다 깊게 들렸다. 지난 8월에 그가
죽었다. 향년 77세.

..

2020년 10월 01일 월요일

..

비오는 날 낡은 수레를 끌고 폐지를 주우러 나서는 노인이 진보주의자다.

이 문장 써놓고 명상한다. 이 말은 맞는가. 글쎄다. 자신은 없다. 우선 진보주의자에 대한 개념 설정에 시비가 걸릴 수 있다. 이 말에 대한 사회학적 의미를 나는 알지 못한다. 말하자면 진보주의자라는 말 속에 정제되었을 이론을 나는 모른다. 나는 단지 말의 거죽 즉 기표에 끌려서 써 본 말이다. 틀릴 수도, 아닐 수도 있을 것이다. 앞으로 나아간다는 의미가 내게는 의미있다. 학자들이 학설로 직조한 이론의 행간 속을 몸소 걸어가는 사람을 나는 존중한다. 사회적이거나 정치적인 필터를 제거하고 봄이 옳다. 내 앞에 당도한 삶을 밀고, 뚫고, 견디며 나가는 일이 진보다. 앞으로 나가지만 사실은 뒷걸음도 있고 제자리걸음도 있고, 게걸음도 있다. 그러나 그것도 진보다. '흐린 날 낡은 그물을 메고 바다로 나서는 어부의 심정으로 첫시집을 펴낸다'는 아무개 시인의 자서는 여전히 현재형으로 울린다.

메모 ✎

『시 없는 삶』(피터 한트케) 그리고 삶 없는 시.

*

텔로니어스 멍크가 작곡을 하고 있는 사진을 봤다.

오른 손에 연필을 들었고, 왼손에는 담배가 끼워져 있다. 30대 중반을 지나가는 나이로 보인다. 특유의 모자도 쓰지 않았고 수염도 없다. 이 한 장의 흑백 스틸이 내게 무슨 말을 건네는 것 같은데 무슨 말인지는 모르겠다. 모르는 채로 나는 이해한다. 악보를 들여다보고 있는 멍크와 그 장면을 들여다보고 있는 흰고양이 사이로 한 줄기 담배연기가 솟아서 시처럼 허공에 흩어진다. 의미없음의 의미. 시로 옮기려다 포기한다. 그것으로 만족한다.

*

　시월의 첫날이다.

　뭔가 새로 결심해야 할 것만 같은 촌스러운 생각이 내 앞에 와 있다. 뭐 이렇다할 게 없다. 본래 의미의 왜곡이겠지만 무념무상이다. 그건 그대로 좋은 결심이 아닐까. 호르헤 루이스 보르헤스의 산문집 『아르헨티나 사람들의 언어』의 말미에는 공동 번역자 황수현의 작품 해설이 실려 있다. 이런저런 해설이 끝나고 마지막에 붙어 있는 문단이 보르헤스와도 해설과도 관계없이 아주 사적으로 나의 머릿속에서 물결친다. 오늘같은 날은 느낌이 더 그렇다.

　'우주처럼 펼쳐진 보르헤스의 단편들이 하나하나 빛나는 별이라면 지구 혹은 외딴섬에 거주할 것 같은 보르헤스는 정작 아르헨티나와 부에노스아이레스의 어느 거리에서 탱고를 들으며 체스를 두고 있을 것이다. 간간이 들리는 은어와 비속어에 눈살을 찌푸리며……'

&

창밖에 달이 떠올랐다.

스마트폰 시대에 떠오른 달은 심심한 농담이다. 별 생각없이 달을 본다. 날마다 해석하고 순간순간 기억한다. 해석은 감옥이고 기억은 왜곡이다. 잘 있겠지. 누가? 그렇군. 대상이 소거된 안부는 얼려놓은 한 조각의 비애와 다름없다. 써놓고 보니 문장들이 애매하다. 애매한 채로 버려둔다. 너무 분명한 것은 좀 그렇다. 개념이여 엿.

메모 🖉

사랑은 쉽게 부정되고 그 정의는 항상 애매모호함 속에 갇혀 있고 천박하고 상스러우며 무책임하고 뻔뻔스러우며 변명을 좋아하고 완전히 사라진 다음에도 끈질기게 발언의 기회를 노리면서 모양새를 망가뜨리고 히죽거리고 킬킬거리고 새끼 밴 암컷보다 더 배타적이며 게다가 그 장황한 목소리가 부끄럽게도 한창때의 장미꽃보다 더 빠르게 잊혀지고 만다. 그것은 아무것도 아니며, 처음부터 아무것도 아니었고 지나간 다음에는 더더욱 아무것도 아니었다(배수아).

2020년 10월 02일 금요일

은행사거리에 가서 커피를 마셨다.

스타벅스를 나와 짐노페디 3번의 지시어처럼 '느리고 장중하게' 걸었다. 그렇게 걸었다기보다 그렇게 걸어졌다. 은행나무들이 벌써 물들기 시작했다. 너무 이른 거 아닌가. 지금이 그때라고? 숨어서 계절을 지휘하는 지휘자의 목소리가 은근하다. 자, 오늘부터 단풍입니다. 천천히 시작하세요. 좋아요. 저쪽 늙은 나무는 조금 빠릅니다. 다시. 그렇지요. 다른 나무들과 화음을 맞추도록 하세요. 오늘은 여기까집니다. 밤에는 물들지 마시고 내일 다시 시작하시겠습니다. 수고했습니다.

*

아파트가 있는 사거리에 사람들이 길게 줄을 서 있다.

인력시장을 통해 대역(代役, 군중 장면, 베드 신 등에서 주연 배우를 대신하여 연기하는 연기자)을 한 사람들이 일당을 계산받으려는 줄이었다. 그들에게는 대역만이 아니라 재연배우 역할도 포함된다. 누구의 하루치 삶을 완전 도맡아 대신하는 것이다. 가령, 버스 정류장에서 오지 않는 버스 기다리는 역, 조기 퇴직하는 남자 역, 헤어진 여자에게 카톡하는 역, 헐레벌떡 달려갔으나 닫힌 전철 문 앞에서 아무렇지 않은 표정 짓는 역, 우한 폐렴 자가격리자 역, 자살하려다 며칠 더 살기로 작정하는 역, 재래식 시 쓰는 역, 촛불 들고 광화문에 모이는 역, 무대에서 교태를 부리는 70대 가수 역, 요양원 침상에 누워 오지 않는 가족 기다리는 역, 대통령 퇴진 일인 시위하는 역, 유튜브 보다가 태극기 집회 참가하는 역, 남자 앞에서 존나 좋다고 말하는 여자 역, 시집을 너무 많이 인쇄했다고 자책하는 역, 지인의 페이스북에 팔로우하고 좋아요 누르는 역, 김치냉장고 타려고 수필 쓰는 역, 유튜브에서 이혼절차 안내하는 역, 두 여자와 양다리 걸치다가 동시 다발적으로 버림받으면서 '사랑은 없다'고 기자회견하는 역 등등등. 일당은 각자의 팔자에 따라 각각이다. 2020 각자도생의 시대. 오늘 내 삶은 누가 대신 살고 갔는지 우정 동네 행정복지센터에 가서 조회하는 역할도 있다. 창구에 앉은 공무원은 친절하게 설명할지도 모른다. 사장님은 두 사람이 나누어서 대역했습니다. 한 분은 키가 좀 작고, 나이는 68세 정도이고, 시를 쓴다고 했습니다. 다른 한 분은 퇴직한 교수 출신이라고 했습니다. 두 사람 모두 사장님 이상으로 열심히 대역했다고 보고되었습니다. 걱정마십시오. 그 이상의 정보는 공개할 수 없습니다. 감사합니다. 안녕히 가세요.

메모 ✐
지인과 키스할 때도 마스크 잊지 마세요.

*

아침이면 필경사처럼 책상에 앉아 자판을 두드린다.

손가락이 굳을까 봐 걱정하는 늙은 피아니스트의 심경이다. 쓸 것이 없어도 써야 한다. 생각이 떠오르지 않아도 써야한다. 바닥이 난 생각도 기울이면 몇 방울이라도 흘러나온다. 그게 어딘가. 누가 묻는다. 그렇게 해야 할 이유가 있는가. 나의 대답은 확실하다. 그렇게 자판을 유린해야 할 이유는 없다. 그것이 나의 유일무이한 이유다. 그렇지만 쓰지 않는다면 나는 죽을 것이다. 바로 직전의 문장은 약빠르게 삭제한다. 내가 감당할 문장이 아니다. 저런 말이 품고 있는 욕망과 광기가 나에겐 없다. 라이너 마리아 릴케도 아니고, 카프카도 아니고, 페루난두 페소아도 아니고, 찰스 부코스키도 아닌 마당에 이 문장에 마침표를 찍기도 전에 들통날 거짓말을 하기는 싫다. 나는 그저 쓴다. 쓸 것이 없다는 사실을 확인하는 지점까지 가 본다. 남들보다 멀리 가고 싶지는 않다. 그러면 외로울 테니까. 의미가 무색해지는 경계까지 나아가고 싶다. 사람들 다 그렇게 생각합니다. 이런 사람들에게서 비껴서고 싶다. 나의 글쓰기에는 성공이나 실패라는 말이 없다. 매순간이 성공이고 매순간이 실패다. 나는 그때마다 내가 미처 생각하지 못했던 어떤 순간에 도착한다. 그거면 된 것이다. 물론 나는 거기서도 다시 떠난다. 거기 주저앉으면 그게 실패다. 실패라고 말하기 위해 판정관이 손을 들려고 하는 그 순간 나는 금방 도달했던 그 지점을 벗어나야 한다. 사람들의 합의된 관념으로부터 달아나야 한다. 어물대다가는 전직 시인 또는 시인에 근무했음이라는 스티그마가 새겨진다. 시는 안 써도 좋다. 시인이라는 멍에에 갇혀서는 곤란하다. 시인이라는 자기 중력에 짓눌리는 모독에 사로잡히면 안 된다. 시 한 줄이 아니라 시어가 품고 있는 의미를 벗어나면서 맞닥뜨리는 의미 이전의 맨얼굴을 만나야 한다. 그 지점에서 만나는 시는 잘 쓴 시는 아닐 것이다. 물론 좋은 시라는 독자 반응에도 호응하지 않는 시다. 시는 그냥 시다. 있는 그대로의 시. 이론을 만난 적이 없는 시. 시인에 의해 한번도 소유된 적이 없는 시. 오퍼레이터처럼 책상에 앉아서 자판을 두드리는 이유는 여기서 시작한다. 좀 멋있게 말하자면 무엇을 쓴다는 것은 무엇을 창조하는 게 아니다. 적어도 내가 자판을 두드리며 무엇을 끄적대는 것은 그렇다 나는 내 안에 자리잡고 있는 당신들의 의견, 입장, 신념, 이론 같은 것을 지워내는 작업이다. 나는 생각한다. 이미 쓰여진 한 편의 시에 무슨 의미가 있겠는가. 자세히 들여다보면 탈고되는 순간부터 시는 부패하기 시작한다. 그것은 시 자신의 뜻과 상관없이 오염된다. 또 누가 묻는다. 당신은 당신이 쏟아낸 생각에 부합되는 시를 작성하고 있는가. 실제로는 그렇지 못해서 답답하다. 이렇게 답하고 싶지는 않다. 대답은 그 반대다. 나는 그렇게 쓴다. 쓰려고 애쓴다. 내 생각의 기준을 배반하는 것은 나도 어쩔 수 없다. 내 생각의 근사치를 벗어나기 위해 날마다 나는 자판을 두드린다. 아시겠지만 이런 나의 자판두드리기 행위는 이미 시의 문제는 아니라고 본다.

메모 🖉

문학은 언제나 철학보다 더 멀리 간다(미셸 세르) .
외로워서 그런가.

*

　문득 쓸데없는 생각.

　김영태 시인의 『초개일기』를 읽으면 '내가 음악원에서 가르쳤던 제자'라는 말이 가끔 나온다. '가르쳤던 제자'라는 말은 나를 물색없이 연하게 훑고 지나간다. 나에게는 그렇게 문장화할 수 있는 사건이 없다. 내게서 학점을 받은 학생은 많다. 사태가 그렇더라도 누구를 지목해서 '가르쳤던 제자'라고 말할 상황은 아니다. 야간에 설강되었던 문창과는 문학이 동경의 대상이었던 마지막 세대라고 볼 수 있는 1960년대 태생들과 일단의 불시착한 현역 학생들 반반이 이브닝 코스를 들었다. 1960년대생들은 대개 30대 후반이었고 기혼이며 자식도 있다. 그들은 어디선가 충분히 문학에 오염되었기에 나의 말이 틈입할 공간이 없었다. 졸업하고 그들은 나름대로 시를 쓰고, 나름대로 시집을 내고, 나름대로 활동을 한다. 나름대로. 그들을 일러 내가 가르친 제자라고 말하는 것은 여러모로 어색하고 생뚱맞다. 젊은 학생들은 문학과 상관없이 뿔뿔이 자기 방식으로 흩어져갔다. 사건의 전말이 이러하다. '내가 가르쳤던 제자'라는 말은 내게 어떤 생각을 불러일으키는가. 제자없음에 대한 서운함이나 아쉬움인가. 있을때 잘 하지. 그런 건 아니다. 그럼 뭘까? 김영태 선생의 일기를 읽다가 그냥 그런 생각이 지나갔다는 말을 되씹는 중이다. "이 척박한 땅에서 살아온 나의 '슬픔의 무게'는 무엇인가. 저울에 달지 않아도 몇 냥인지 내가 더 잘 안다"(김영태).

나도 그렇다. 따옴표 속에 있는 '척박한'과 '슬픔의 무게'는 내 것은 아니지만 대개의 나도 이 근처다.

메모 ✏️

그 사람 어때요?

θ

지방에서 나오는 계간지 청탁을 사양한 일이 있다(참고: 지방이라는 말에 방점이 붙은 것은 아님). 특집 시 해설인데 쓰기가 싫었다. 필연(筆緣)이 닿지 않을 때가 있다. 그밖에도 청탁을 거절한 일이 있었지만 대개는 허겁지겁 청탁에 응해 왔다. 무대가 아쉬운 가수처럼 지면은 늘 허기였다. 허겁지겁. 지나간 날이 겹다. 어디서든 청탁이 오면 근사하고, 격조 있게 거절하고 싶다. 청탁해주셔서 고맙지만 오늘부터 저는 잡지에 시를 싣지 않기로 했습니다. 저의 갸륵한 뜻을 존중해주시면 좋겠습니다. 죄송합니다. 그런데 청탁이 없다. 단지, 거절하기 위해 나는 청탁을 기다린다.

*

금요일이다.

벌써라는 부사어는 생략한다. 그 말마저 쓰고 나면 시간이 더 빠르게 움직였다는 속수무책감이 밀려온다. 그냥 금요일이다. 종일 흘쩍했던 하늘에서 빗방울이 후두둑거린다. 빗소리듣기모임 준회원인 나로서는 서서히 전환되는 심사가 있다.

계간지 세 권에 실린 시 몇 편을 읽었다.

참 많은 시들이 실려 있다. 대부분 처음 들어보는 이름들이다. 소외는 거세다. 밀려오는 소외감을 즐기면서 시를 읽는다. 어느 대목에선가 잡지를 접는다. 읽히지 않고 이해되지 않는다. 그게 시다. 나는 그런 시들을 지지한다. 시가 이해된다는 말을 나는 이해하지 않는다. 시는 이해의 산물이 아니라고 본다. 이해라는 보편적 사고의 시스템을 뒤흔들어야 한다. 보편적인 문법과 보편적인 의미와 보편적인 언어 배열을 따라가는 시는 타자의 지식에 순응하는 것이다. 정신없이 뺑뺑이를 돌려야 한다.

'내 글이 어렵다고? 그건 네가 독자로 상정되지 않았다는 뜻이야. 그러니까 읽지 않아도 돼.'

(우치다 다쓰루, 『어떤 글이 살아남는가』)

나는 시 파티에 초대받지 않은 독자다. 누군가의 시 밖에서 망설이고 기웃거린다. 불친절한 시들은 습관적 독서를 정지시킨다. 나는 그러므로 당황하면서 시를 읽는다. 의미를 찾기 위해서가 아니라 의미를 지우는 시를 읽으며 어디론가 건너간다. 摩訶般若波羅蜜多心經.

메모 ✐

저녁엔 라면을 끓여 먹고 싶다. 마치 처음 먹는 라면인 것처럼.

..

2020년 10월 03일 토요일

..

  산문소설을 완성했다.

  꿈을 이룬 듯한 것은 아니다. 올해 인쇄했던 자전산문집 『거북이목을 한 사람들이 바다로 나가는 아침』은 이 소설의 전사다. h로 설정된 시인의 개인사를 두서없이 써보려던 것이 애초의 생각이었으나 글이 손에 충분히 잡히지 않았기에 어중간한 타협으로 자전산문이라는 장르명을 사용하게 되었다. 이번 소설은 산문소설이라는 장르명을 부여했다. 산문과 소설의 합성어는 동어반복이지만 꼭 그런 것만은 아니다. 산문과 소설이 불규칙하게 서로에게 흘러넘치고 겹치고 섞이는 형식이다. 산문과 소설의 형식적 합성이자 융합으로 작성되었다. 독자들이 읽으면 이건 소설이 아니라고 할 것이 틀림없다. 각자가 읽어온 소설의 필터를 통해 보면 그럴 것이다. 시작도 없고 끝도 없이 밋밋한 이야기같지 않은 이야기다. 소설은 갈등의 산물이겠지만 이 소설에는 이렇다할 인물간의 갈등이 없다. 오히려 독자와 작가의 갈등이 파생될 뿐이다.

아무튼 나는 썼을 뿐이다. 소설을 작성하는 한 달 동안 자판을 두드리는 기쁨으로 충만했음도 적어둔다. 소설을 쓰는 동안 내 안에서 일어나던 기쁨의 정체에 대해 끊임없이 의심했지만 나는 나의 손가락에 믿을 수 없는 일말의 신뢰를 부여했다. 소설은 7월 10일에 시작해서 8월 10일에 초고를 마쳤다. 200자 원고지 기준으로 668매이고 공백을 포함한 글자수로는 117,456자다. 글자수 계산은 처음인데 공백이란 말이 좋다. 공백이야말로 내 글이 숨쉬는 공간이다. 두 번의 수정과정을 거치면서 나는 나도 모르는 어떤 공백에 도달했다. 자판을 두드리는 동안의 기쁨을 나는 정의한다. 그것은 공백이었다. 어떤 문자도 어떤 개념도 틈입하지 않은 나만의 사유가 펼쳐지는 공간을 공백이라고 본다. 산문과 소설의 경계 즉 논픽션과 픽션의 경계를 넘나들면서 논픽션도 픽션도 아닌 세계와 맞닥뜨렸던 것이다.

소설의 제목은 『잘 지내시나요?』(가제)로 정했다. '페루'도 제목으로 고려되고 있으나 여러 차원에서 볼 때 앞의 것에 밀린다. 제목이 별것을 품고 있는 것은 아니고 에밀 시오랑의 '나를 견디고 있다'는 말에서 착상을 얻은 것이다. 내가 소설에 대해 너무 친절한 설명을 붙이고 있는 셈이다. 이 대목을 읽는 독자에게만 한정되는 서비스다. 이 부분을 읽는 독자분에게 꾸벅 90도로 인사.

〉

「유자약전(劉子略傳)」을 읽었다. 밤이 이슥한 시각까지 그렇게 했다. 나도 모르는 흥분이 지속되었다. 어떻게 그럴 수 있을까 싶다. 1969년 《현대문학》에 발표된 소설이니까 50여 년 전에 쓰여졌다. 김승옥, 이청준, 서정인, 박태순 같은 소설가들이 나타났을 시절이라 이제하의 등장은 자연스럽다. 그러나, 그래도 '유자'와 같은 인물은 지금 읽어도 놀랍고 격정적이다. 소설가의 손에 의해 어떤 식으로 가공되었든간에 다시 말해 순전하게 꾸며진 인물이라 해도 소설에 등장한 인물로서는 이채롭고 도드라진다. 우리나라 소설의 10대 인물

에 포함되어야 할 것이다. 유자는 창호지에다 파란 물감을
풀어 어떤 포름에 가두었다가 곧 없애버리는 화법으로 그림
을 그린다. 유자의 화법이 이제하의 화법이자 소설기술의 방
법일지도 모른다. 현실과 환상이 뒤섞여 뭉개지는『유자약
전』은 환상과 현실이 자리를 맞바꾸는 리얼리즘일 것.

*

지난 밤 꿈자리
길을 가다가 누구를 만나서 이런저런 토론을 하고
커피까지 마신다 누구는 나를 내 시를 이해한다며
다시 한번 악수를 청했다 누구와 헤어지고 돌아오면서
나는 생뚱맞은 나라의 공항에 내린 느낌이었다
나를 내 시를 이해한다고?
누구도 그렇게 말해서는 안 되지 않는가
나도 모르는 나를
나도 이해불가인 내 시에 대해서는

**

개천절이다.

좋은 날이네. 어느덧 시월. 날마다 멋진 날이 전개된다. 삶은 그래서 삶이리라. 아침에 커피 한 잔 마셨다. 실은 어제 만들어놓은 커피다. 보온병에서 하루 숙성되어서인가 식었지만 식은 맛이 있다. 그맛을 느껴본다. 따뜻해서 좋고 식어서 좋다. 좋다 나쁘다는 생각은 생각이다. 말에 갇히지 말아야 한다고 하면서도 말에 속는다. 말은 이웃집 여자 같고 다른 나라 여자 같고 이혼한 여자 같고 산발한 여자 같고 미친 여자 같고 페미니스트 같고 혼자 사는 여자 같고 시 쓰는 여자 같고 연극하는 여자 같고 수면제 먹는 여자 같고 두 남자를 동시에 너무나 진실되게 사랑하는 여자 같고 세상의 모든 남자를 버린 여자 같고 의붓어미 같고 요양보호사 같고 트로이의 목마 같다. 여기까지 쓰고 자판에서 손을 거둔다. 내 손가락의 다른 근육들이 움직이는 느낌이다. 그래도 어쩔 수 없다. 그래서 더 놀랍다. 개천절이라는 말뜻이 새삼스럽다. 하늘이 열린다는 한자어. 開天. 광화문에 나가려던 일정은 취소한다. 모든 집회가 금지되었다. 오늘 광화문의 움직임은 싸그리 국가에 입력된다. 오늘은 '재즈수첩'이 방송되는 날이다. 2015년 '재즈수첩' 진행자 황덕호의 인터뷰 한 단락을 메모한다. 그거 읽다가 나는, 내 마음은 아주 먹먹하고 막막해졌다. '재즈수첩'의 시그널을 듣던 그 처음이 떠올랐기 때문인데 나는 아직 얼마나 더 유치해야 하는가.

메모 🖉

황덕호에게 가장 아끼는 재즈 아티스트, 재즈 앨범을 물었다. "글쎄요, 아마 무인도에 간다면 듀크 엘링턴이나 찰리 파커 음반 한 장 갖고 들어가지 않을까요. 애착이 가는 연주자들은 너무 많은데... 트롬본 연주자 잭 티가든, 그리고 클라리넷 연주자 피위 러셀이 떠오르네요. 원래 클라리넷은 단아한 음색을 가지는데 피위 러셀은 탁한 소리를 내는 연주자예요. 생전에 엄청난 술꾼이었는데 거의 죽기 전까지도 술을 마셨다고 해요. 그의 연주를 들으면 이 사람이 몸이 아프다는 게 느껴지죠." 황덕호에게 재즈란 뭘까? 그는 "밥벌이"라고 말하며 크게 웃었다. "좋은 음악 많잖아요. 재즈와는 끈끈한 정이 생겼어요. 그런 생각이 들어요. 나에게는 피붙이지만, 사람들은 잘 안 알아주는 못난 형 같아요. 외로운 음악."

*

「도둑맞은 편지」 같은 시는 없을까요?

그게 뭔데요? 이를테면 질소로 가득찬 과자 봉지 같은 것이겠지요. 먹을 건 없겠군요? 과자가 가득할 거라는 상상적 포만감은 도와줄 겁니다. 속임수군요? 정직한 트릭이지요. 도둑맞은 '편지'에는 무슨 내용이 적혀 있는데요? 치명적인 내용이 있을 수도 있고, 그저그런 내용일 수도 있을 겁니다. 누가 편지를 훔쳤습니까? 모르지요. 편지가 발견되지 않았으니까요. 아주 깊숙한 곳에 숨겼겠지요? 찾고 보니 편지는 너무 뻔해서 거기 있으리라곤 생각되지 않는, 누구나 손댈 수 있는 자리에 아무렇게나 던져져 있었다는 거지요. 소중한 편지가 아니었던 모양이네요? 편지를 보관하는 방식의 문제겠지요. 누구나 보면서도 정작 편지를 보지 못했다는 말이군요. 등잔밑이 어둡군요. 너무 환해서 보지 못했다는 말이 더 맞을 겁니다. '어쩌면 그 문제가 너무 단순하기 때문에 당신이 해결하지 못하고 있는 건지도 모르지요.'

__「도둑맞은 편지」

메모 ✏️

대충 써야지 여차하면 깊이 있다는 소리를 들을 수 있다.
시가 그렇다.

..

2020년 10월 04일 일요일

..

집필실에서 내려다 본 거리에 가을이 어슬렁거린다.

가을이다. 가을이 왔다. 가을이 찾아왔다. 다 같은 말인데 울림이 다르다. 결이 그렇고 느낌이 그렇다. 커피를 마시면서 이것저것 흩어져 있는 상념들을 정리한다. 오늘 아침 나의 상념에는 방향이 없다. 생각이 일어나는 대로 지켜본다. 내가 쓴 시들. 그 시들도 말과 소리와 문장의 가합(假合)이다. 가짜 조합이다. 시에 선택된 말이 꼭 그 자리에 있어야 할 이유는 없다. 일물일어설도 있다. 그럴 듯한 엄격함이다. 이제쯤 슬쩍 생각하니 그건 언어적 집착이다. 작가는 그런 말에 속지 않는 태도를 가진 존재다. 언어는 사물이나 대상을 대신하지도 않지만 대상의 본질을 왜곡시킨다. 정확한 표현은 착시현상이다. 기표와 기의는 대충 결합해서 인연인 듯 찰싹 붙는다. 그것이 언어의 사주팔자다. 오다가다 만나서 정든 사이다. 시절인연이 다 하면 각자의 길을 가야 한다. 누구시지요? 스치 듯 안녕. 그러면서도 언어에 속지 않고는 살 도리가 없다. 늦은 밤까지 한 줄의 시를 생각했다면 그는 그 시간 동안 시인이다. 그가 쓴 시가 아니라 잠 못 든 그 시간이 시일 것이다. 불면증은 시인의 조건이다. 어젯밤 불면없이 푹 잤다는 애기를 여러 말로 했다.

*

'우편엽서 한 장을 끄적거리는 게 헤겔의 정신현상을 읽는 것보다 훨씬 더 창조적 행위에 가깝다.' 에밀 시오랑의 아포리즘을 읽으며 커피잔이 비었음을 확인한다. 내게 중요한 것은 우편엽서도 정신현상도 아니고 커피 한 모금이다. 지금은 좀 더 명료한 커피가 필요하다. 믹스커피가 효율적일 때도 있다.

도봉산 자운봉 부근 신선대에 올랐다.

해발 726미터. 바람이 불었고 나름 위험하기도 했다. 흐릿한 기상으로 전망은 깨끗하지 않았다. 연휴 끝날이라 등산객이 많았다. 올라오는 길에 보지 못한 김수영 시비는 내려올 때 보게 되었다. 등산과 하산길에 내 의지와 상관없이 들려온 모르는 사람들의 알 듯한 애기를 두서없이 저장한다.

(1) 창동역에서 동두천행 전철을 기다리면서 듣게 된 염색한 두 남녀의 대화.

남: 그거 유튜브에 나왔어요.

여: 난 유튜브 안 믿어요. 공영방송이면 몰라도.

남: 요즘은 공영방송도 못 믿어요.

여: 나훈아는 난사람이에요.

남: 그래서 성도 나씨 잖아요.

여: 그 사람 최씨예요. 최홍기.

(2) 마당바위에서 자운봉으로 오르는 길에 들려온 여자들의 대화.

여자1: 넌 잘 간다. 힘들지 않어?

여자2: 나는 중도하차는 안 해.

여자1: 그러니. 왜?

여자2: 정상이 궁금하거든.

(3) 하산길 쉼터에서 들린 여자의 통화 내용.

여자: 요리를 배우세요. 자식들한테 말하지 말고 가까운 학원에 나가서 간단한 요리를 배우세요. 운동도 하시고요. 식사는 많이 하지 마세요. 배도 많이 나오셨잖아요. 친구들도 만나시고 그러세요. 우리도 나이 드니까 만사가 귀찮아져요. 자주 전화주세요. 제가 가르쳐드릴게요, 교수님.

메모 ✐

길은 없어도 행복하다(이강).

2020년 10월 05일 월요일

..

학술논문을 읽을 일이 없다.

학자가 아니면서 규칙적으로 논문을 읽는 이도 있다. 평론독서와 논문독서는 다르다. 평론이 논문의 포즈를 취하거나 논문이 평론의 흉내를 내는 것은 지지할 일이 아니다. 서로 다른 리듬이 있다고 본다. 가끔 논문형식의 글을 읽고 싶다. 고집스럽게 문제를 닦달해나가는 학구성이 궁금하다. 논문에서 서론이라는 말을 대신해서 '들어가는 말'이라는 용어가 자주 쓰인다. 서론보다는 구체적 실감을 주지만 들어가는 말에 호응하는 '나가는 말'은 잘 안 보인다. 들어갔으면 나가야 한다. 아직 나갈 사정이 안 된다는 뜻인가. '잠시 나가며'라는 용어는 본 적 있다. 잠시 나가서 자료를 더 훑어보고 다시 들어오겠다는 뜻으로도 들린다. 어떤 솔직함으로 잠시 들어가며.

*

시 쓴다고 이마에 내 천자 긋고 앉아 있으면
오던 시도 달아나겠다
오래 만나지 못한 지인을 찾아갔더니 그는
방금 빗소리듣기모임에 나가고 없었다
이마를 펴고 돌아오면서 내 맘이 혼자
싱싱해졌다
당신도 아시다시피 나는 이런 날을
살고 싶었다

ㅋ

나이 탓인가.

순순하게 스스로에게 긍정의 신호를 보낸다. 무슨 말인가.
이제 나는 감동이나 감격이 싫어졌다. 그런 데 물렸다고 해야 하나. 시나 소설이나 영화가 특히 그렇다. 나는 스토리 텔링이 싫다. 사는 일이 서사인데 다시 그것을 재가공해서 들이대는 건 감흥없다. 이런 증상을 나이 탓으로 돌려놓는다. 시도 소설도 영화도 밋밋한 게 좋아졌다. 내게 밋밋하다는 말은 새로움을 강조하지 않는 새로움이다. 새로움은 금세 싫증난다. 새로움이 어디 있겠나. 새롭지 않은 방식, 새롭지 않은 화법으로 새로움을 만들어내는 방식이 좋다. 처음 보는 것이 낯선 것이 아니라 익숙하고 권태로운 것이야말로 낯선 것이라고 생각하게 되었다. 이 무슨 개똥같은 궤변이냐고 타박하는 사람도 있을 것이다. 어줍잖은 내 생각을 철회하지 않겠다.

장률의 영화 〈후쿠오카〉를 나는 두 번 봤다. 대단한 감동 때문에 두 번 본 것은 아니다. 오히려 그 반대라고 해두자. 한 여자를 두 남자가 동시에 좋아한다는 것이 새로운 애기겠는가. 어느날 여자가 사라진다는 것도 새롭지 않다. 여자를 기다리며 그 여자의 고향인 후쿠오카에서 술집을 열고 있는 남자나 여자가 드나들던 대학 주변 지하에 헌책방을 열고 있는 남자도 새로울 게 없다. 다 그저그런 애기다. 그러나 표면적으로 과거의 흔적을 싹 지우고 아무렇지 않게 살아가고 있는 두 남자의 내면은 궁금하다. 영화 속에서 두 남자의 문제는 아주 상스럽게, 아주 쓸쓸하게, 아주 적적하게, 아주 느닷없는 방식으로 화면 곳곳에 묻어난다. 밝혀지는 게 아니다. 옛날에 사라졌던 여자일 수도 있고 그 여자의 환영일 수도 있는 어린 여자가 두 남자의 불꺼진 내면을 밝혀놓는다. 나는 두 남자에게 무덤덤해진 과거의 적적함을 확인하고 싶어 마스크를 쓰고 열 체크를 하고 연락처를 적는 검열을 마다않고 영화를 두 번이나 보게 되었다. 영화같지 않은 영화라고 하면 감독에겐 실례가 되지만 나로서는 최고의 찬사다. 새롭지 않은 새로움이다. 장률과 홍상수에 대한 나의 팬심은 그것이다.

℃

자다가 일어나 시를 고치는 꿈을 꾸었다.

꿈 속에서 중얼거렸다. 이렇게까지 해야 하나. 나는 아직 하수다 하수. 꿈에 시를 쓰는 일은 일종의 잔업이다. 맨정신으로는 시를 못 쓰면서 꿈 속에서 시를 쓰고 있는 꿈은 시에 대한 소망은 아니다. 꿈의 틀, 꿈의 형식 자체가 문제다. 시에 대한 열망을 함축하는 꿈이 아니라 꿈의 형식이 나의 시를 보여준다. 덤으로 얻는 해석이지만 시는 그렇게 무언가를 수정하는 과정이다. 탈고니 완성같은 말은 시쓰기의 중간 기착지다.

메모 🖉

Do you believe in a Life after love(지제크)?
해석이 안 되어 원문으로 둔다.

2020년 10월 06일 화요일

햇빛이 쨍쨍하다.

튕기면 높은 도 정도의 투명한 소리가 울릴 것 같다. 문학적 과장이 아니다. 철지났지만 언제나 다시 읽고 가끔씩 또 펼쳐서 읽게 되는 시가 있었으면 싶다. 그런 시가 없다는 말인가. 그런 뜻은 아니다. 예컨대. 예컨대를 두드리고 햇살 같은 시를 찾는 사이에 햇살이 자판을 두드리던 손등에 올라앉는다. 일상이 정지한다. 시를 쓰는 내 손가락의 노고에 경배한다. 햇살을 필사하는 아침이다.

메모 ✎

내가 지난 해 《문학동네》 여름호에 발표한 단편 「이 여자의 일생」은 제 소설이 한 편도 외국어로 번역되지 않았으나 기적적으로 노벨문학상을 타게 된 어느 한국 여성 작가의 이야기다. 스웨덴 한림원 회원들이 한국어를 배워 그녀의 소설을 읽은 것으로 설정돼 있다. 이런 비현실적인 일이 일어난다면, 나도 노벨문학상을 탈 수 있지 않을까? 내 소설 역시 한 편도 외국어로 번역된 게 없다(고종석 페이스북).

**

도봉산 신선대에서 건너다보면 수락산이 보이고 형제 같은 불암산이 보인다. 조금 멀리로는 아차산이 보인다. 바위에 설치된 쇠줄을 잡으며 신선대 꼭대기로 오르는데 난데없는 바람이 휙 불어서 모자를 뺏어가려고 했다. 내 손은 순간적으로 모자를 잡으려다 쇠줄을 놓을 뻔 했다. 끈이 달린 모자는 날아가지 않고 목에 걸렸다. 실재가 침입하는 순간이다. 가슴을 쓸어내렸지만 나는 아무렇지 않은 척 몇 걸음 남은 정상에 다가섰다. 정상은 이미 선참자들로 빼곡하다. 옹색하게 서서 바람을 맞으며 산 아래를 둘러본다. 눈 앞에 선인봉, 자운봉, 만장대. 만장대 꼭대기에 사람이 있다. 암벽꾼들. 내가 모르는 세계가 많다. 모르는 걸 모르는 척 하면서 시를 쓴다. 그게 시다. 이 말 삭제하려다 그만 둔다.

「

가을엔 이런 날에는
외로운 시의 심부름이나 하면서 살아야겠다
날품이든 뭐든
시가 부르면 얼른 가봐야지
장독대 위에 쌓이는 햇살
장독대는 없다
양철지붕에 햇살이 알몸으로 뒹군다
양철지붕도 없다
어린 날의 산바람과 개복숭아나무와 털강아지와
앞집 순이와 아직 철모르는 권태와
상이군인 아저씨와 개울 건너
시내에서 이사 온 명자와 내 어머니를
도화지 한 장에 그려놓고
한 손엔 아직 덜 쓴 시
다른 손으로는 지나가는 허공을 젓는다
출출할 때는 시를 쓴다
군것질 같은 시

마지막 두 줄은

내 손가락에게 준다

제목은 「시의 심부름」이라고 붙일 것이다. 금방 쓴 이 시를 설명하자면. 설명은 생략한다. 내가 썼으나 내가 주인은 아니다. 인연 따라, 어떤 조건에 따라 이 시에 사용된 말들이 서로 결합했을 뿐이다. 이 시에 차용된 정서들이 서로에게 엉겼을 뿐이다.

° Ⅱ

하인리히 폰 클라이스트는 자신의 작품 「펜테질레아」를 출판하려고 괴테에게 원고를 보냈다가 거절당했다고 한다. 어떤 출판사가 돈을 대고 750부인가를 찍었는데, 찍고 보니 내용이 너무 끔찍해 출판사가 홍보를 포기했던 모양이다. 책이 품절되는데 80년이 걸렸다고 한다. 나는 품절이라는 단어 앞에서 멈춘다. 저자에게 품절은 자신의 책이 시중에서 사라진다는 것을 뜻한다. 아쉬움은 있지만 어떤 책의 경우는 다행스러울 수도 있다. 나의 책은 절판되기를 희망한다. 팔리지도 않으면서 계속 세상 어느 구석엔가 살아있다는 거. 끔찍한 실재다. 100권만 찍자고 말했더니 출판사 주인은 난색을 표시한다. 백석도 아니면서 그러시면 안 되지요. 더 찍겠습니다. 재고 처리하면 되거든요. 재고라는 말을 재고하게 된다.

메모 🖉

'라삐율과의 실패한 인터뷰×이여로'. 최근에 읽은 놀라운 대화록.
라삐율은 『펜테질레아』의 번역자. 스스로를 '나머지'라고 부르며, 삶의 빈틈과 결여 속에 패잔한 자들을 역사와 현재 속에서 찾아다니며, 인간이 취하고 남은 것을 발굴해 탐구하는 데 시간과 돈을 허비하는 자라고 소개한다.

*

저녁 먹고 잠시 쉬었다.

아니 늘 쉬었지만 더 본격적으로 쉬었다. 침대에 누웠다가 스마트폰에서 노래를 재생했다. 제목은 밝히지 않겠다. 1968년에 발표된 저음의 여성가수의 노래다. 아주 단조로운 편곡이지만 청소년기에 들었던지라 몸에 밴 노래다. 아련한 청소년기의 비린내가 지나간다. 이건 무얼까. 나는 지금 무엇을 회고하고 있는가. 회고당한다는 느닷없는 소회가 맞다. 무언가가 울컥한다. 그게 또 무엇인지 모르겠다. 안다고 해도 소용없는 알음알이다.

1년 전 일이다.

경상북도 청송에서 한중시인대회가 열렸고 나도 그 대회에 묻어갔다. 그 시점에 내가 한국 시인을 대표할 까닭이 없다. 말이 그렇다는 말이다. 한국쪽 시인들은 나름 지명도 높고 무엇보다 지금 핫한 시인들이었다. 나는 그저 종이로만 쳐다보았던 시인들이다. 그들 사이에 끼어 있으니 내가 그들과 어깨를 겨루는 시인으로 보였다. 이런 착각은 나를 우습게 만든다. 젊은 시인들을 보자하니 나는 이미 저세상 시인일 뿐이었다. 나에게 이렇다할 탓은 없다. 시간이 흘러갔고 무대가 바뀌었고 무대 장치가 바뀌었을 뿐이다. 나는 꽤나 어색한 시간들을 보냈다. 식사 때도 식사 후 술자리에서도 세미나 때도 영어색했다. 남의 옷을 걸치고 있는 기분이라면 정확하겠다. 아무도 내 말에 귀 기울이지 않았고 먼저 말을 거는 시인은 없었다. 선생님, 저번 시집 읽었는데 참 좋았습니다. 요즘도 열심히 쓰시더라구요. 이런 말을 기대했는지 모른다. 내가 나에게 물어보지 않아서 장담은 못하겠다. 통역을 두고 중국시인들과 나누는 대화도 실감은 오지 않았다. 나만 이렇게 느꼈는지도 모르겠다. 어떤 시인들은 열심히 질문하고 재질문하면서 분위기를 띄웠다. 객석에서 듣는 나로서는 화제 자체가 그리 열심히 질문하고 재질문 할 성질의 것이 아니라는 생각도 들었다. 방관자의 입장이나 메타적 입장은 나쁜 것이 아니다. 지금 돌아보면 그런 일련의 시들함이 나의 노인성에 근거한다고 생각된다. 젊은 시인들과 외국 시인들과 나누고 싶은 토픽이 없었다는 게 그런 근거다. 어떤 중심으로부터 멀어졌다는 말이 된다. 질투심도 아닌 질투심, 경쟁심도 아닌 경쟁심, 원로도 아닌 원로감, 뻔하지 않은 식상감, 농도짙은 나른함이 밀려왔다. 그렇다고 소득이 없는 것은 아니다. 지금으로부터 이런 공식적인 잔치에는 불러주든 말든 오지 말아야 한다는 결심이다. 이성복이 자기의 전성기는 딱 3년이었다고 말한 게 떠올랐다. 그야 그렇지만 나는 전성기를 가져본 적 없으니 노년기도 이렇듯 부자연스러운가 보다. 자꾸 한쪽으로 쏠려가는 생각을 지우려고 노래 볼륨을 좀 키웠다.

너무나도 그 님을 사랑했기에 그리움이 변해서 사무친 미움. 원한 맺힌 마음에 잘못 생각에 돌이킬 수 없는 죄 저질러놓고 뉘우치면서 울어도 때는 늦으리. 음 때는 늦으리. 님을 따라 가고픈 마음이건만 그대 따라 못 가는 서러운 이 몸. 저 주받은 운명에 끝나는 순간. 님의 품에 안기운 짧은 행복에 참을 수 없이 흐르는 눈물. 음 뜨거운 눈물.

노래가 지나가고 그 뒤를 한 세월이 따라나섰다.

노래 밖에서 나만 남았다. 흘러간 노래 속에서 소년과 노년 이 나누던 먼 눈인사. 쓸데없는 회상록을 썼군. 모든 회고는 내용없는 재구성이다. 그날, 청송의 숙소에서 듣던 밤비는 지금도 내 마음 한 켠으로 흘러내리고 있다. '흘러내린다'는 어휘가 적당한가? 잠시 고민.

메모 * 🖉

'이런 젠장. 이제 나랑 다른 작가들은 전부 밀려났군. 신예작가들이 몰려왔어'라는 생 각이 들더라고요. 제가 얼마나 일회성 작가인지 깨달으니 참담했어요. '예전엔 내게 뭔가 특별한 게 있었는데 이제는 없고, 대신 다른 누군가가 그걸 가져갔군' 하고 생각 하니 정말 끔찍했어요(데이비드 립스키, 『처음부터 진실되거나 아예 진실되지 않거 나』에서 인터뷰이 소설가 DFW이 한 말).

메모 ** 🖉

시쓰기가 손에 익었다면 시쓰기는 끝(났다는 뜻인가요?).

2020년 10월 07일 수요일

춘천시에서 발간하는 시정소식지 ≪봄내≫ 10월호가 왔다. '시인 최돈선의 골목이야기'만 읽는다. 모르는 춘천의 골목을 거닌다. 내 학위논문의 공간이 춘천 실레마을이다. 김유정 소설연구. 답사 겸 몇 번 춘천을 들락거렸지만 거기까지다. 이번 호 골목 이야기는 '말그림 화가와 벽오금학도의 교동'이다. 말그림을 그린 화가는 장일섭 화백이고, 『벽오금학도』의 작가는 이외수다. 장화백은 나의 강릉고등학교 시절 미술교사였는데 여기서 선생의 근황을 읽으니 잠깐 착잡하다. 장화백에 대한 몇 가지 기억. 그는 가방에 자신의 아호 호마(好馬)를 크게 써가지고 다녔다. 1960년대 말미에 선생은 레이 아웃이라는 용어를 사용했다. 이 말이 일상적으로 쓰이게 된 것은 그 이후로도 한참 뒷날이다. 사모님을 모델로 나부를 그린다고 했다. 언제나 씩씩했고 당당했고 제자들에겐 낯선 예술가였던 화가에 대한 기억. 소식지에서 장화백의 자화상과 '말과 나부' 두 점을 본다. 화백은 73세의 나이로 2000년 춘천시 교동에서 운명했다고 춘천문화재단 이사장이며 소설가 이외수의 절친이기도 한 최돈선 시인은 적었다. 이외수의 옛집 格外禪堂도 화가의 집에서 멀지 않은 곳에서 시월 햇살을 받으며 빛바래고 있다. 나는 1970년대까지의 이외수가 좋다. 여기까지 쓰고 나니 더 쓸 말이 소용없는 적막감이 밀려온다. 그 바람에 뒤에 더 썼던 몇 문단은 삭제했다. 정말 늙었나봐. 춘천은 한양대학교 국문과 교수였던 시인 이승훈(1942~2018)의 고향.

메모 ✎

난 어설픈 시인
난 바람 아저씨
난 황혼 삐에로
난 추억의 마피아
난 중년 늙은이

그러나 하느님은 아신다 내가 시를 쓰는 이유, 내가
헤매는 이유, 내가 황혼이면 혼자 술을 마시는 이유,

내가 미열에 시달리는 이유, 내가 모자를 쓰는 이유

난 물론 대책 없는 남편
난 외설의 성스러움을 믿는다
난 망한 가문의 후손
난 함경도로 쫓겨간 조상들의 후예
난 시를 쓰는 교수 (두 가지를
다 하기가 이렇게 어렵구나)
난 불안의 친척
난 해질 무렵 알콜 중독자
난 우리 아들(의사)의 아버지
난 좀 뻔뻔해진 시인
난 아직도 촌놈 (아시는 분은 아시겠지만
내 고향은 강원도 춘천임)
난 미적 보수주의자 (물론 말이
안되겠지만)
난 도라지를 피우는 모더니스트
(말보로를 도라지로 바꾼 건
인후염 탓이다)
난 도라지를 피우는 국문과 교수

그러나 하느님은 아신다 내가 공부를 안하는 이유, 내가 아직도 아내와 싸우는 이유
(아내는 내 월급에서 용돈을 안 준다 10년이 넘는다 10년이 뭐야?) 그러나 오늘부터
내가 갑자기 자유로워진 이유, 시에서도 삶에서도 가벼워진 이유 (아직도 삶은 무겁
지만 그건 노력하기 나름이다) 사랑에서도 증오에서도 가벼워진 이유

올 여름 개미를 본 다음
아홉 번째 시집을 낸 다음
밝은 방을 본 다음
(시집 표제가 밝은 방임)
내가 없다는 걸 깨달은 다음
바람같은 삶이 이렇게

황홀하다는 걸 깨달은 다음
네루다보다 네루다보다
니카노르 파라의 시가 좋구나

　　　　　　　　　__이승훈 「작문」

「

　이승훈 선생의 유고시집(『무엇이 움직이는가』, 시와세계
사)이 간행되었다. 2019년 11월 11일. 지금 알았다. 시인의 마
지막 호흡을 읽어야겠다. 주문.
　가볍지 않게, 무겁지 않게. 지금 무엇이 움직이는가요.
　오늘의 배경 음악은 Melody Gardot의 Our Love is Easy.

＊

　시계는 오전 열 시 삼십이 분을 지나가고 있다.
　불암산 정상 부근에 구름이 좀 끼었고, 바람은 거의 없다.
나는 책상에 앉아 있고, 책상맡 소형 스피커에서는 드보르
작의 교향곡. 꼭 이런 순간에 듣고 싶은 음악이 있고, 읽고 싶
은 글이 있다. 소설도 아니고 시도 아니고 아포리즘도 아닌

책. 벽돌책도 아니고 너무 얇은 책도 아니다. 그저 한 120 페이지 정도 되는 하드커버가 아닌 책. 본문은 모조지가 아닌 재생지를 쓴 책. 손에 들어왔다 나갔다 할 수 있지만 문고본은 아닌 책. 심야도 아니고, 저물 무렵도 아니고, 쓸쓸함도 아니고 뜨거움도 아니고, 기쁨도 아니고 슬픔도 아닌 일상적인 아주 일상적인 순간을 느끼고 싶은 음악이나 글은 어떤 것일까. 아침에는 아침의 시가 있고, 저녁에는 저녁의 시가 있다. 외로운 시도 있고 더 외로운 시도 있고, 진짜 외로운 시도 있다. 외로운 척 하고 싶은 시도 있다. 좋은 시가 있고 정말 좋은 시가 있고 정말 끝내주는 시가 있다. 끝내주는 시를 쓰고 나면 다른 시는 쓸 수 없을 것이다. 끝내주는 시는 쓰지 말아야 한다. 끝내주고 나면 진본 외로움과 직면하게 될 것이다. 끝내주는 시 부근에서 끝을 바라보는 시가 나는 좋다.

메모 ✎

우리 때는 읽을 책이 없어서
언니오빠들 국어교과서 받는 날만 기다렸는데...

..

2020년 10월 08일 목요일

..

상 위에 떨어진 밥알 하나를 주워 입에 넣 듯이 가을 햇살을 몸에 집어넣는다. 어제 오후 불암산에서 건너다 본 북한산이 느린 속도로 재생된다. 원경으로는 가을이라는 기척이 눈에 잡히지 않는다. 능선에 걸쳐있는 맑은 구름 몇 송이가 가을 분위기를 살려놓는다. 가을이군. 가을이야. 그러면서 긴 길을 걸어가고 싶다. 귀화식물들 바람에 흔들거리는 길을 걷고 싶다. 써놓고 보니 유치하다. 할 수 없다. 조금 솔직했을 뿐이다. 누구나 아는 일을 나만 안다는 듯이 양양하게 써대는 것이 반성되지 않는 나의 장점이자 지병이다. 사람됨이 그렇고 그래서 나의 시가 그렇고 나의 산문이 그렇다. 이것을 과격하게 줄이면 나의 모든 실상이 그렇고 그렇다는 말이 된다. 이런 나를 견뎌준 지인들에게 이 자리를 빌어 미안하다고 쓴다. 이 문장을 그분들이 읽을 가능성은 백퍼센트 없지만 (이 구석을 어떻게 찾아 읽겠는가) 나는 여기다 쓴다. 편지는 수신인에게 도착한다는 말을 믿으면서. 찬이슬이 내린다는 한로다.

J

질 크레멘츠의 『작가의 책상』(위즈덤하우스)을 가끔 열어본다. 세계적인 작가들의 책상과 그들의 글쓰기에 대한 짤막한 입장을 편집한 책이다. 문학에 관한 책이 아니라 문학의 생산 현장이다. 작가들의 창작 습성이나 집필 광경이 드러난다. 우리가 상상할 수 있는 다채로운 책상 풍경이라고 보면 된다. 단정한 서재를 배경으로 쓰는 작가도 있고, 작업 중임을 표나게 과시하듯 어질러놓은 책상도 있다. 테네시 윌리엄스, 조르주 심농, 필립 로스가 앞의 예가 된다. 스티븐 킹, 수전 손택, 로리 블라운트 주니어의 책상은 어지럽다. 창작의 역동성이 다가온다. 책상이 단정하든 복잡하든 그것은 작가 나름의 비세속적 입구가 될 것이다. 몇몇 작가들은 내 눈길을 잡아당긴다. 조이스 캐롤 오츠, 모나 심슨, 아치볼드 매클리시, 존 디디온, 엘윈 브룩스 화이트, 에드먼드 화이트, 존 치버 등의 책상이다. 이들의 경우는 책상 위에 타자기 한 대만 놓여 있다. 수도사의 기도 공간 같다. 존 치버의 책상에는 담배와 재떨이와 컵이 있다. 남는 공간이 없다. 에드먼드 화이트는 직접 손으로 쓴다. 그는 이렇게 말했다. 작가들이 흔히 하는 이야기 중에 정말 어처구니없는 두 가지가 있다. 하나는 매일 완벽한 스케줄에 의해 글을 써야한다는 것이다. 다른 한 가지는 '나는 써야만 하기 때문에 쓴다'는 말이다(시간은 부족하지만 나도 생각해보겠습니다). 사진으로 공개된 작가들의 정갈한 책상 뒷방이 개판인지 누가 알겠는가. 자판에서 손을 거두면서 나의 책상을 둘러본다. 음, 나를 너무 닮아버렸어. 빌어먹을.

*

자판을 두드렸던
나의 열 손가락 동지들에게

_어떤 시인의 말

조병화는 생전에 무려 53권의 시집을 출간했다. 이를 갈무리한 여섯 권짜리 전집도 있다. 놀라운 물량이다. 이 분야의 기네스가 될 것이다. 좀더 길게 쓰려고 했는데 이것만 쓴다. 시의 물량주의! 주의! 그런 걸까?

「

나는 남들처럼 책을 많이 가지고 있지 않다.

그냥 계통없이 뒤죽박죽으로 모여 있는 책더미 몇이 있을 뿐이다. 이제 저 책들을 배경으로 살아온 삶도 책도 부담스러워지고 있다. 버릴 수도 안 버릴 수도 없는 고민이 시작되었다. 도서관에 기증한다는 고매한 생각은 과거지사다. 도서관도 책이라면 손사래를 친다. 그렇다고 늦은밤까지 밑줄 그으며 학자처럼 읽었던 책을 받아읽겠다는 후배나 지인이 있는 것도 아니다. 그렇다고 값이 좀 나가는 초판 시집이나 귀중본이 있는 것도 아니다. 남들 서가에 꽂혀있는 그저그런 책(저자들에게 죄송합니다)들이다. 이럴 때는 불교적 사유인 방하착을 멋대로 편곡해서 사용하기로 한다. 여러 생각 집어치우고 다 없애버리자. 굿.

책을 정리하는 기준은 두 가지. 가치 있는 책과 가치 없는 책으로 나눈다. 기준은 오로지 나만의 것이다. 우선적으로 처분할 대상은 오랫동안 내 정신의 래퍼런스가 된 책이다. 가치 없다고 판정된 책은 처분도 후순위로 밀린다. 운이 좋은 것. 사형 집행이 연기된 책들이기 때문이다. 자,

처분 대상 영순위는 내가 납품한 시집과 산문집과 앞으로 출간될 책들이다. 내 책은 나에게는 소중하다. 나에게만 소중하다. 나의 책은 그것을 쓰는 동안의 희열과 고뇌만으로도 그 가치가 나에게는 충분하다. 고마웠다. 내 책들. 이제 역할과 인연이 소진했다. 더 이상 서재에 머물 이유가 남아있지 않음을 서운해하지 말지어다.

다음으로 소각될 책은 20대부터 모아온 시집과 소설들. 이른바 한국문학의 역작들이 대거 포함된다. 나는 이 명작들을 다시 읽을 남은 힘이 없다. 서재에 꽂혀 있을 때는 나의 정신적 인테리어가 되지만 묶어서 문밖에 내어놓으면 초라한 분리수거의 대상일 뿐이다. 아쉬움이 없을 수 없지만 이 책들을 다 소각하기로 결정한다. 후련하다. 다만, 문학에서 구

하소서.

책들을 뽑아내는데 책들의 저항에 부딪쳤다. 당황스럽다. 책 한 권을 뽑아들면 책은 왜 나냐고 저항하며 각자 나와 맺은 사정을 토로한다. 대개는 저자들의 발언이다. 어떻게 내 책을. 우리가 그런 사인가. 내 책은 당신의 조강지처같은 책이라구. 이럴 줄은 몰랐다. 너무한다. 나를 끼고 살 때는 언제고 등등. 책들이 보여주는 반응은 사랑의 별사와 닮았다. 사랑했지만 여전히 사랑하지만 다가온 이별의 시간 앞에 순응할 수밖에 없는 연인들의 심정이다. 헤어지는 책들 앞에서 가지는 천도와 애도의 시간.

이제 책들은 내가 아는 조그만 사찰 소각로로 옮겨져 소각될 것이다. 좋은 데로 가기를 빈다. 소각 전에 긴급구제위원회가 열려 마지막으로 구제할 책에 대한 토론이 벌어졌다. 그때 난항을 거치면서 작성된 잠정 명단을 남겨 둔다. 단, 이 저자들 주저 한 권씩만 구제한다는 조건부적 전제다. 초고에는 문인의 실명을 타자했으나, 최종 교정과정에서는 삭제하고 말았다. 이게 나다.

그리고 나는 책 없는 책상 앞에 앉을 것이다.

이제 나는 누구의 책도 반갑지 않다.

메모 🖉

등산화 바닥이 벌어져서 중국산 본드로 붙이고 있으려니 지나가던 아내가 버리고 새로 사라고 말한다. 나는 왜 이러고 있을까.

2020년 10월 10일 토요일

반중 조홍감이 고와도 보이나다
유자 아니라도 품음직도 하다마는
품어가 반길 이 없으니 그를 설워하노라

박인로의 시조가 가끔 떠오른다.

어머니에 대한 정을 노래한 시지만 나는 다른 뜻으로 새기면서 우울해진다. 시를 써도 읽어줄 사람이 없어 '그를 설워하노라'다. 시를 읽어줄 일반 독자를 설정하고 하는 얘기는 아니다. 자신을 인정하고 지지해주는 독자가 한 명만 있어도 시를 쓰는 용기를 얻을 수 있다. 넓은 이해력과 인내심을 가진 존재라면 더 바랄 게 없다. 그런 독자는 시인의 정신적 기반과 배후가 되기도 한다. 나는 그런 독자가 있는가(잠시 생각해보겠다). 평론가 김윤식이 사라지면서 더 이상 읽히지 못하는 소설가도 있을 것이다. 가정법적 상상이다. 독자에 따라 읽는 방법과 이해의 결이 다를 수 있는 건 어쩔 수 없다. 좋은 것은 동시대의 맥락과 같은 경험의 층위에서 읽히는 것이다. 전차 구경을 한 독자가 전차가 등장하는 시대의 시를 잘 이해할 수 있다고 믿는다. 역병 시대에 마스크를 쓰고 집콕한 사람들이 집콕하면서 쓴 시를 더 잘, 더 세밀하게 읽어줄 것이다. 얘기가 너무 번지고 있다. 이렇게까지 생각을 키울 일은 아니다. 나는 그저 같은 세대의 독자가 사라져버린 시대의 시인의 입장을 피력하는 것이다. 생각해보자. 내 세대는 지금 칠순 역에 접어들고 있다. 더는 설명하지 않겠다. 치열하게 시를 읽는 독자는 치열하게 쓰고자 하는 독자일 것이다. 그러니까 나는 지금 독자의 노화에 대해 징징대고 있는 것인가. 그렇다. 좀 그러면 안 된다는 말인가. 조홍감을 품었으나 그 앞에 꺼내놓을 당사자가 없음을 생각해보시라. 지젝이 보충한 라캉의 말은 언제나 나를 한국적으로 위로한다. 사랑은 내게 없는 것을 원치 않는 누군가에게 주는 것이다. '원치 않는'은 지젝의 것이다. 지금 내 시가 꼭 그러하다. 원하지 않는 독자에게 주는 사랑.

메모 ✎

철지난 시를 읽으며
책상 위에 쏟아진 가을햇살을 두 손으로 움켜쥔다
당신도 나와 같은 아침이기를 바란다

*

재즈 보컬 Kim Parker는 모던 재즈의 창시자 찰리 파커의 딸이다. 아버지의 대를 잇는다. 예술적 가업을 물려받는 것은 어떤 의미일까. 그녀가 부른 Paris is a Lonly Town을 들었음. 주말 재즈의 희귀본이다.

*

신문이나 텔레비전을 보지 않은 지 꽤 되었다.

슬금슬금 그렇게 되었다. 그러면서 세상적 뜨거움으로부터 거리를 유지하게 되었는지 모른다. 스마트 폰의 액정을 문지르는 것으로 신문을 대신한다. 신문이나 방송들이 생산하는 뉴스들은 다 거기가 거기다. 몰주체적이거나 몰개성적이거나 몰도덕적이다. 신문이나 방송에 보도되면 어떤 뉴스는 권위를 얻기도 했는데 이젠 그렇지 못하다. 전혀 다른 매체 환경이 도래했다. 사정이 이러니 문학 뉴스도 덩달아 기댈 데가 없어졌다. 신문사가 주관하는 신춘문예나 문학상이 시시해진 이유도 이 부근이다. 당사자들은 다르겠지만.

메모 ✎

나는 꽤 어릴 때부터 어떠한 사건도 신문에 정확히 보도될 수 없다는 점에 주목한 바 있었는데, 그러다 스페인에 가서 처음으로 신문이 사실과는 아무 관계가 없는 것들을 보도하는 것을 목격하게 되었다. 그것들은 일상적인 거짓말에서 은연중에 내비치기 마련인 최소한의 관련성조차 없는 보도였다. 나는 싸움이 벌어지지도 않았는데 대단한 전투로 보도하는 것을 보았고, 수백 명이 목숨을 잃었는데도 완전히 침묵하는 것도 보았다. 용감하게 싸운 부대원들을 비겁자나 반역자로 몰아세우는 것도 보았고, 총성 한번 못 들어본 이들을 상상의 승리를 거둔 영웅으로 마구 치켜세우는 것도 보았다. 또한 런던의 신문들이 그런 거짓을 그대로 옮겨 적는 것도 보았고, 열성적인 지식인들이 일어난 적도 없는 사건에다 감정적으로 살을 붙이는 것도 보았다. 달리 말해 나는 역사가 실지로 일어난 대로가 아니라, 이런저런 '당의 노선'에 따라 일어났어야 하는 대로 기록되는 것을 본 것이다(조지 오웰).

「

　금년도 노벨문학상은 미국 시인 루이즈 글릭에게 돌아갔다. 해외 언론이나 베팅 사이트에서도 예측하지 못한 생소한 이름이다. 우리나라에 번역된 시집은 없다. 매년 이름이 거론되던 문인이 아니라서 참신하다. 시인은 노벨위원회의 인터뷰 요청에 대해 커피를 마셔야 하니 2분 안에 끝내 달라고 부탁했다. 마음에 든다. 2007년도 수상자인 도리스 레싱은 장바구니를 들고 자기 집 마당 계단에 앉아서 인터뷰를 했다. 이제 노벨문학상은 없어져도 되겠다. 문학은 거기까지다. 그 돈을 난민 기금으로 쓰는 게 더 좋겠다. 문학은 너무 늙고 뻔해졌다.

메모 ✐
상금으로 새 집을 사고 싶다는 시인은 좋겠다. 축하.

..

2020년 10월 11일 일요일

..

창문을 여니 가을, 너무 가을. 올 가을은 걸음이 빠르다.

주말 지나고 돌아서면 또 주말이다. 세월이 빠르다는 말을 하려다가 식상해서 그만둔다. 하지만 모든 새로움은 식상함이다. 식상은 상식이 되고 상식은 이론이 된다. 이론은 식상하다. 이론에 속지 말아야 한다. 숨쉬기도 아까운 날에 이런 소리나 떠들다니. 전략과 전술. 전략은 판을 까는 것이고, 전술은 그 속에서 노는 것. 선진국은 전략 국가이고, 중진국은 전술 국가란다. 어느 철학자의 말이 문학하는 내게 와서 고인다.

Moonlight Sonata-Round Midnight을 편곡한 Ray Brown & Laurindo Almeida의 이중주를 들었다. 역시 재즈수첩. 베토벤과 셀로니어 멍크의 음악이 몸과 정신을 섞은 음악이다. 기타가 월광 소나타를 연주하고 이어서 베이스가 라운드 미드나잇을 활로 긁었다. 허공에 떠 있던 가을밤이 물속처럼 깊게 가라앉았다. 베토벤 탄생 250주년을 기념하는 재즈의 음악적 호응이리라.

≫

인터넷 주간 운세가 무료로 오픈한 1953년생의 이번 주 운세풀이는 다음 문장으로 요약된다. 그동안 보고 싶었던 사람들에게 연락을 해보세요. 기분 좋은 한 주를 보내게 될 거예요. 아무에게도 연락하지 않고 하루가 저물었다. 보고 싶었던 사람은 떠오르지 않았다. 떠올랐다고 해도 연락처를 몰랐을 것이다. 누구를 보고 싶어하는 것은 뜻밖의 폭력이다. 조심해야 한다. 시인 흉내를 낸다. 나는 내가 보고 싶다.

..

2020년 10월 12일 월요일

..

다른 시를 써야겠다고

생각하면서

생각만 하면서 하루를 보내고 나면

아파트 단지 안에 서 있던

중년의 벚나무는 자신도 모르게

모자를 벗고 성큼 내게로 걸어온다

어서 오시게

나무는 손짓하며 누군가를

부르고 또 부른다

그때 누군가 다가와서

작은 목소리로 응답한다

나를 부르셨구나
밤은 깊어지고 거듭 깊어지는데
내가 모르는 다른 시는
다른 시가 되어야 한다
눈만 뜨면 읽을 수 있는 시
문맹자도 읽을 수 있는 시
함부로 휘갈겨 쓴 시
참새가 쪼아먹는 시
노숙자가 밟고 간 시
마침내 시인도 버리고
다른 시에서도 쫓겨난 시

⌜

우리가 사는 의미가 뭐요?
어떻게 하면 잘 사는 거요?
한번 물어봅시다.
80년을 살아도 난 그거 몰라.

　　　　　　　　　　　　　＿＿오현 스님의 어떤 해제 법문

*

시를 잘 쓰려고 애쓴다. 나도 그렇다.

그런데 이제는 그런 일념을 잡생각으로 돌린다. 자, 잘 쓴다는 말은 어디를 가리키는가. 나는 무책임하게 말한다. 나는 모르겠다는 걸 알겠다. 한 줄의 시를 쓰기 위해 밤늦게까지 애쓰는 시인의 노고는 이해할 수 있다. 그러나 그가 남겨 놓은 시는 별로 믿을 게 없다. 한 줄의 시를 위해 바친 밤은 긍정하겠다. 그것만이 그의 시라고 확신한다. 시 한 줄에 담기지 않은 시인의 몸과 마음이 시일 것이다. 가끔 뜬금없는 생각을 하게 된다. 잘 쓰려고 애쓴 흔적이 보이는 시는 고개를 돌리게 된다. 그보다는 시라는 자의식을 버린 시가 좋다. 이게 내 생각이다. 내 말에 동의하는 업자들은 없을 것이다. 흥, 하고 고개를 돌리는 게 맞다. 나는 여전히 무책임하게 적는다. 형식이 좋다. 주제가 좋다. 새롭다. 비유가 좋다와 같은 문장으로 수렴되는 시들은 반대다. 그보다는 작위적인 시가 좋은 시다. 독자의 감동과 공감을 배제한 시가 좋은 시다. 어떤 해석도 허용하지 않는 시가 좋은 시다. 동료 시인의 이해와 평론가가 침을 튀기며 입을 대는 시는 좋은 시가 아니다.

메모 🖉

다들 지 살기 바쁘지요
살다가 남는 시간 있으려나
허공에 꽃 모종 하나 심게

..

2020년 10월 13일 화요일

..

가을이다. 뭘 좀 읽어야겠는데 손에 잡히지 않는다.

이 좋은 날에 책을 읽는 건 뭔가 밑지는 느낌이다. 책을 읽다니. 그런 생각으로 밍그적거리는데 라디오는 '메기의 추억'을 들려준다. 마치 이건 어떠냐는 듯이. 마치 내 마음을 좀 안다는 듯이. 마치 이거 아니냐는 듯이. 추억이라는 말을 써야 할 때가 있다. 기억이 과거에 대한 단순 재생이라면 추억은 정념이 서린 말이다. 그래서 쓰기도 하고 버리기도 한다. 추억도 버려야 할 짐이다. 버렸는데도 비워지지 않고 바닥에 남아있는 무엇이 추억이다. 거리에 내놓으면 아무도 쳐다보지 않을 이삿짐같은 게 추억이다. 깨고 난 꿈 뒤끝같은 날이다.

*

물에 띄웠을 때 물 위에 둥둥 뜨는 시만 읽어야겠다.

제 무게를 감당 못하고 가라앉는 시는 읽지 않는다. 이게 시를 읽는 요즘의 내 기준이다. 내 취향과는 상관 없다. 시가 갖추어야 할 최소한의 형식성과 내용을 가리키는 말은 아니다. 그건 이론에 갇혀 있거나 이론에 아부하는 시일 뿐이다. 독자들이 좋아요를 외칠 만한 시도 아니다. 대개의 시들이 의외로 멋있는 말, 그럴 듯한 문장을 꾸미고 나선다. 당사자는 자신도 모르게 말에 속는다. 생각같아서는 말이 끝나는 지점까지 나아가는 시가 좋다. 그런 시는 가볍게 물에 떠오른다. 의미에 물 먹이는 시를 읽고 싶은 것이다. 예를 들어보라고 하면 나도 망설이겠다. 글쎄요, 하면서.

♪

에릭 사티의 '짐노페디 1번'을 피아니스트 원재연의 라이브로 듣다. 운이 좋은 날이다. 에릭 사티의 음악은 부적응의 음악이다. 그의 생애가 그렇듯이 소외와 고독이 악보에 매달려 있다. 그가 '6개의 그노시엔느'의 각 곡에 붙인 지시어가 나를 건드린다. 모데라토, 안단테 칸타빌레와 같은 지시어가 아니다. 매우 기름지게, 구멍을 파듯이, 확신과 절대적 슬픔을 가지고, 너무 먹지 말 것, 매우 반짝이는, 의문을 가지세요, 혀 끝에서, 잠시동안 홀로, 치통을 앓는 나이팅게일처럼. 사티의 지시어는 시적인 흥분을 준다. '짐노페디'는 그리스어로 '벌거벗은 소년들'이라는 뜻이다. 1893년에 작곡한 '백사시옹'(Vexations, 짜증)의 악보는 딱 한 페이지고, 지시어는 '이 모티브를 진지하고 부담스러운 자세로 840번 반복하시오'다. 1963년 존 케이지(1912~1992)가 처음으로 연주했다는 기록이 보인다. 대략 연주시간이 18시간 걸린다. 여러 명의 연주자가 계주식으로 연주해야 하는 곡이다. '관객들은 음악이 흐르는 동안 연주에 절대 신경 쓰지 말 것. 걸어다니고 이야기하고 음료수를 마실 것.'이라고 공연 프로그램에 적혀 있다. 내 음악에 집중하지 말라는 말에 밑줄을 그어본다. 사티 전문가는 이래저래 김영태 시인에게 어울린다.

메모 ✐
금메달리스트의 쓸쓸한 죽음

..

2020년 10월 14일 수요일

..

 '책이 잘 팔리고 많은 관심을 받는다면 그 책은 분명 쓰레기다. 그저 요란한 광고 덕분일 뿐이다.' 미국 작가들이 자기 자존심을 지키는 공식이다. DFW의 말이다. 그러다가 자신의 책이 팔리게 되면 이 공식을 어떻게 수정해야 하나. 좋은 책은 결국 독자들에게 먹히고 만다. 이 정도가 되는 것인가. 가치 있으면서 팔리지 않는 책도 안타깝지만 가치도 없고 팔리지도 않는 책은 대박이다. 팔리지 않는 책을 열심히 쓰는 저자들은 팔리는 책을 거품으로 취급하면서 위안을 얻을지도 모른다. 어떤 식으로 자신을 다독이든 그것은 각자의 문제가 된다. 시집은 원래 안 팔린다는 통설이 시인들의 위안이 되기도 한다. 사람들이 시 안 읽잖아. 그런 반응이 시인들의 자기 시집을 향한 입장이다. 사실 이런 생각은 오해이기 쉽다. 어떤 시집은 꽤 팔려서 종이값을 건진다는 데 있다. 시집이 좋아서이든 광고덕이든 시인의 발품이든 뭐든 그런 책은 있게 마련이다. 내 시집에 한정해서 말한다면 내 책 역시 팔릴 생각을 전혀 하지 않는 범주다. 여러 가지 이유가 있겠지만 내 시는 주변 사람들을 설득시킬 힘이 없다. 나는 이 대목을 주목하면서 시를 쓰지만 반성은 하지 않는다. 이기적으로 말하자면 내 시는 나를 달래기도 바쁘다. 남들 사정까지 고려할 여지는 없다. 그러니 누가 읽겠는가. 지당하다. 시집 뒤에 책값을 인쇄하는 게 창피하다. 내 책은 나에게만 팔면 된다. 이런 내 생각은 한국문학사의 전개가 대충 주춤대거나 멈추는 지점과도 상관 있다고 본다. 문학사적 관심이 높을 때는 문학이 공공재라는 사회적 인식이 강했지만 이제 그런 관점들은 소진되었다. 문학이 문학인들의 취미활동으로 전환된지도 오래 되었다. 시를 읽으면 교양인이고 그렇지 않으면 미개하다는 듯이 몰아붙이면서 으스대던 호시절이 있었지만 이제 그런 시대가 아니다. 독자들은 말한다. 시 왜 읽어야 되는데. 어쩌라구? 이 대목에 다른 시인들은 어떤지 모르겠으나 나는 할 말이 없다. 시가 읽히고 시집이 팔린다는 사실 자체가 오래된 시대착오일 뿐이다. 그래서 말인데 나는 누구에게도 내 시를 권하지 않는다. 시인은 거의 멸칭(蔑稱)인 것을. 그것은 거의 안 팔리는 시를 쓰는 시인들에 의해 형성된 시대감각일지도. 앞의 문장은 수정하지 않고 둔다. 내 맘이 바뀔 때까지.

▽

사후세계 같은 나날이다.

날이 저물고 밤이 지나면 아침해가 찾아온다. 전화 오는 곳이 없으니 전화 걸 곳도 없다. 전화 걸 사람을 검색하다가 그만둔다. 할 말이 없다. 전에는 할 말이 많았는데 이제는 아니다. 관계의 소진이다. 피차의 문제가 아니라 각자 직면하는 실존적 문제다. 길바닥에 내어놓은 이삿짐 같이 살고 있는 건 아닌가(여기 쓰고 웃음).

**

이승훈의 유고 시집 『무엇이 움직이는가』, 레이먼드 첸들

러의 『빅 슬립』, 샤뮤엘 베케트의 『고도를 기다리며』를 기다
리고 있다. 마지막 시집이 될지도 모르는 황동규 선생의 시
집도 기다린다. 홍상수와 장률, 정성일, 왕빙의 영화도 기다
린다. 우디 앨런도. 가을비도 기다리고 있음. 불암산 둘레길
에서 헬기장으로 올라가다가 길을 놓쳐서 한참 헤맸다. 늘상
다니던 길에서 길을 잃는다는 것은 일말의 쾌감이다. 불암산
이 큰산처럼 생각된 날이다.

『

하루가 사라졌다. 행간이 휑하다.

..

2020년 10월 15일 목요일

..

웹진 《아는 사람》에서 송승언의 인터뷰를 읽었다. 몇 장면 옮겨놓는다.

A: 시는 단일한 의미로 읽혀야 하는 글이 아니라고 생각합니다. 읽는 사람들마다 다르게 생각하고 해석할 수 있는 텍스트에 가깝죠. 시를 어떻게 읽을 것인지는 시인이 정하는 게 아니에요. 꼭 시 전문을 읽어야 그 시를 즐길 수 있는 것도 아니고, 어떤 시는 단 한 구절만이 중요하게 느껴질 때도 있어요. 물론 시 전문을 보면 그 시가 시인의 의도에 더 가깝게 보이긴 하겠죠. 하지만 시인의 의도에 가깝게 읽는 것이 시 읽기에서 절대적으로 중요할까요? 저는 아니라고 봐요, 시야말로 마음

대로 잘리고 인용되고 흩어져야 한다고 생각해요. 문제는 시를 부분적으로 소비하는 행위가 아니라 본인의 해석을 곧 시인의 뜻이라고 생각하는 생각에 있어요. 대부분의 오독은 그런 생각을 통해 발생해요. 자신의 해석일 뿐이면서 시인이 그런 의도로 썼다고 판단하는 거죠(왜냐면 많은 사람들은 자기 자신은 늘 옳다고 믿기 때문에). 이는 누구나 저지를 수 있는 오류로서 경계해야 해요. 시에 있어 의미란 건 아주 개인적인 것으로서만 존재하거나(달리 말해 자신에게는 특별한 의미를 지니지만 남들에게는 아무런 의미도 아닌), 그러한 개개인이 느낀 감상들이 교차하는 공집합 지대에서 미미하게 드러나는 것이에요. 한 명의 독자가, 또는 시인 그 자신이라 할지라도 자기 시의 의미를 결정할 수는 없다고 봐요. 시인이 자기 시에서 할 수 있는 건 어떠한 의도나 아이디어에서 시를 시작하고 최대한 잘 끝내는 일밖에 없는 것 같네요.

A: 현재로서는 직업적으로 저는 교열공이고 서점 스태프죠. 취미상으로는 올드스쿨 게이머이고, 포크리스너라고 말하고 싶군요. 국적상으로는 한국인, 지정 성별은 남성, 정치적으로는 아마도 좌파 중 하나일 거예요. 저는 시를 쓰는 사

람 중 스스로를 시인이라고 생각하는 사람은 모두 시인이라고 생각하는 편인데, 저는 저를 시인이라고 생각하지 않는 편이에요. 하지만 남들이 시인이라 불러주고 있고, 또 시로 돈을 극도로 조금은 벌고 있으니 시인이라 불리는 것을 그냥 인정하는 편이죠.

「

오늘 아침은 음악이 없다.

조용하다. 덕분에 음악없는 음악을 누린다. 음악을 끄고나서야 음악이 살아나는 순간이다. 세상의 어떤 문리는 이런가 보다. 안다는 순간마다 무지의 영역은 확장된다. 안다는 생각은 모른다는 생각의 뒷면일 뿐이다. 나는 무얼 아는가. 내가 아는 건 내가 아는 것뿐이다.

「

아침커피를 마시는 중에 급하게 시가 떠올랐다.

모든 일에는 때가 있다는 낡은 발상인데 그것을 뒤집어서

때를 강조해보고 싶었다. 제작 의도가 그렇다. 때가 온다. 때를 기다려라. 때를 놓쳤다와 같은 관용적 사고들에 대한 시다. 써놓고 보니 초고는 순진하고 구리다. 누군가의 손 따라 쓴 듯한 냄새도 난다. 그보다는 내 시가 내 시에 갇힌다. 자꾸 나를 답습하고 있다. 피카소는 자기가 그린 그림을 자기 것이 아니라고 부인했다. 비슷한 그림을 많이 그려서 팔아먹었는데 최초의 자기 발상을 복제했다는 점에서 자신이 그렸지만 자기 것이 아니라고 했다. 내가 내 시를 베끼고 있다는 한심스러움. 시라는 개념 속에 남아있고 싶어할 때마다 시는 그저그런 시가 된다. 내 식으로 보자면 좋은 시가 된다. 그것 뿐이다. 진짜 좋은 시는 좋은 시가 쳐놓은 그물 밖으로 빠져나가야 한다. 이거 시 맞어? 이런 것도 시가 되나? 참 웃겨. 이런 건 나도 쓰겠다. 내 시가 배워야 할 범상한 선지식의 어록들이다. 아침에 나의 좋은 시 한 편을 삭제해 버렸음. 좋은 시는 지겹다.

**

남들 앞에 서서 무엇에 대해 아는 체 하는 일이 두려워졌다. 칠판을 등지고 생계를 이어온 사람이 가지게 되는 자연스러운 겸손함만은 아니다. 객관적인 정보만 전달하는 업종 종사자는 이런 반성에서 면제된다. 자동차 정비, 보험 설계, 건강 문제, 귀촌 준비 등에 대해 말하는 것은 가치와는 멀기에 지식만 정확하면 다른 문제는 없다. 그런데 가치 판단이 개입되거나 또는 중심이 되는 문학은 다소 복잡하다. 문학이 본래 그렇듯이 그것을 남들 앞에서 떠드는 사람의 개인적 소견 또한 다양하기 때문이다. 맞고 틀림, 옳고 그름의 문제가 아니므로 더 그렇다. 지금은 맞고 그때는 틀리다. 달라진 시대에 달라진 이론으로 달라진 목소리로 말할 수 있는 자는 누구인가. 소비자는 바뀌었는데 재고품을 신상인 듯 팔아먹 수는 없다. 신념이라는 이름으로 그렇게 고집하는 경우도 있다. 노스님, 노학자, 노시인, 노소설가, 노인문학자는 그래서 남들 앞에서 아는 체 하기 겁이 날 거다. QR코드를 사용할 줄 안다고 해결되는 문제도 아니다. 내가 나를 설득하기도 바쁜 지점에서 누구를 설득할까. 여기서부터 나는 시작한다. 아니 늘 시작한다.

*

당현천을 걸었다. 구청에서 심어놓은 가을꽃들이 요란하다.

그 중에 나는 바늘꽃를 좋아한다. 이유는 딱히 모르겠다. 소박하면서도 나름 화려하다고 하면 모순된 표현인가. 중랑천에 이르면 뭐니뭐니해도 으악새의 물결이 좋다. 으악새의 물결을 떠받치고 있는 잎집들의 황색 물결 앞에서 시를 생각하는 것은 하수겠지.

메모 ✐

이해하지도 못하면서 그냥 입 좀 조용히 하세요(「밤의 해변에서 혼자」에서 김민희가 한 주사).

2020년 10월 16일 금요일

나는 이미 흔적일 뿐

내가 나의 흔적인데

나는 흔적의 서민

흔적 없이 살아가다가

흔적 없이 사라지리라.

　황인숙의 「노인」 끝 부분이다. 내가 이런 시를 좋아했던가 싶다. 이 시는 이제하 선생의 페북에서 읽게 되었다. 시집에서 읽을 때와 페북에서 읽을 때의 느낌은 같지 않다. 페북이라는 공간이 더 자극적일 때가 있다. ≪현대시≫에서 황시인의 다른 시를 봤는데 다시 보려니 찾아지지 않는다. 잡지를 버렸나 보다. 「노인」은 전편을 옮기면 더 좋겠지만 저작권을 핑계로 끝 부분만 도려냈다. 마지막 두 줄을 읽으면서 마음은 빙긋해진다. 시라는 게 아니 말이라는 게 아니 생각이라는 게 무용스러워지는 순간이다. 시도 아니고 철학도 아닌 순간이다. 어디 혈자리를 지긋이 눌린 듯 하다. 내가 국가 지정 노인이라서 그런가. 그렇다.

　누군가를 가르치려고 했다
　도서관 시창작 교실 첫 시간에 노인이 참석했다
　아니, 문장은 각자의 개성인데 그걸 가지고 잘잘못을 따지면 어떡합니까?
　앞뒤가 맞지 않는 문장을 지적하자 노인이 물었다
　나는 대답을 하지 못했다

　유승도 시집 『사람도 흐른다』에서 읽은 「시창작 교실」의 입새다. 나는 여기 읽으면서 방심하며 쿡쿡 웃었다. 더 이상 해석하지는 않겠다. 이것만으로도 이 시는 시적 역할을 충분히 했다. 유승도의 시가 그만큼 때가 묻지 않았음이다. 그래서 유시인은 강원도 영월 귀화인다운 싱싱한 결구에 도달한다. '이런 글을 시라고 쓰고 있으면서도 나는 쉽게 고개를 끄덕이지 못한다. 그렇지만 누군가를 가르치려 하는 버릇만큼은 시원하게 떼어내고자 했다.'

*

시인들이 자신의 시를 착상하는 계기나 집필 습관 같은 것을 접할 때가 있다. 대체로 재미없다. 구구각각일 뿐이다. 그러므로 거기에 공통적인 무엇을 발견하기는 어렵다. 나는 그게 좋고 그게 당연해 보인다. 글쓰기 전에 손을 씻는다는 시인이 기억난다. 목월이다. 내 경우를 돌아보지만 이렇다할 게 없다. 생각이 들면 쓰고 생각이 나가면 그친다. 그게 전부다. 손을 씻고 음악을 듣는 등의 집필 습관은 거의 없다. 굳이 말한다면 이런 게 있기는 있다. 시가 손가락에 들면 집중하고 노트북을 여는 게 아니라 책상 앞을 서성거린다. 마치 시를 다 쓴 뒤의 후련함 같은 느낌을 몸이 먼저 즐긴다. 서성거림이 끝나갈 즈음에 책상에 앉아 시의 첫 줄을 쓴다. 살아남는 첫 줄은 거의 없다. 시는 후다닥 빠른 속도로 쓴다. 오래 걸려서 쓰는 시는 버린다. 숙고는 하겠지만 자판 두드리는 시간은 시처럼 짧아야 한다는 생각을 견지한다. 이걸 집필 습관이라고 해야 하나 습벽이라 해야 하나.

「

서울시립교향악단 정기 연주회가 끝나고 들려오는 객석의 박수. FM 실황특집 중계방송이다. 쇼스타코비치 심포니 1번. 연주는 종료되었으니 박수소리만 오래 듣는다. 누군가의 손바닥 두드림이 지나간 교향곡의 악보를 펼쳐보이는 것 같다. 오늘은 금요일. 벌써. 속으로 박수. 지나간 한 주일이여.

메모 ✐
무산(霧散): 1. 안개가 걷히면서 흩어지듯이, 어떤 일이 성사되지 못하여 없었던 일처럼 됨. 2. 안개가 걷히듯 흩어짐. 내 생각의 대부분은 나도 모르는 사이에 무산된다.

2020년 10월 17일 토요일

오후 다섯 시 조금 넘은 시간.

금세 어둠이 내려앉았다. 롯데백화점에서 동일로를 걸어 백병원 앞을 지나고 당현천에 내려서 다시 상계역 방향으로 걸었다. 비 온다고 전화하면서 지나가는 여자 사람. 그제사 이마에 빗방울을 느낀다. 이마에 새겨지는 느낌표. 엷은 어둠발을 손으로 걷어내며 천천히 걸어나갔다. '걸어나갔다'고 썼는데 생각은 여기서 멈춘다. 더 갈 데가 없군. 이 지점에서 나는 오래 서 있을 것이다. 지금 나는 그렇다.

박시인, 시집 받을 주소는? 황동규

아산병원을 나와 올림픽대교를 건너올 때 황선생님에게 받은 메시지 문자.

「

시월 하순의 주말 재즈가 예고된다.

Bobby Watson, Ira Sullivan이 소개된다. 아이라 설리반은 금관악기와 목관악기를 동시에 연주하는 희귀한 연주자란다. 재즈수첩에서는 세상을 떠난 재즈뮤지션과 탄생 백주년이 되는 재즈뮤지션을 열심히 챙긴다. 올해는 'Take Five'의 작곡자 데이브 브루벡의 탄생 백주년. 진행자는 탄생 백주년을 맞는 뮤지션을 깊은 존중심으로 챙긴다. 최근에 작고한 뮤지션도 각별한 애정을 가지고 그의 음악세계를 소개한다. 한국문학 쪽에 이런 애정이 존재한다는 감각이 나에겐 거의 없다. 행사는 많이 있지만 밀도는 없어 보인다. 이런 측면에서 보자면 우리 문학은 적막하고 드높은 공소성(空疏性) 속에서 분망하다. 징징거림인가.

**

읽다가 덮은 시집.

내 손으로 구입했는데 여러 번 읽으려다 실패했다. 이해를 거절하는 책이라는 점에서 성공적이다. 해설도 있고 표사도 붙어 있지만 그 역시 요령부득이다. 그러나 나는 이 책이 나의 독해를 거부한다는 점을 들어서 시의 문제를 말하려는 게 아니다. 다시 말해 시가 왜 이렇게 난삽하냐고 들이대는 건 물론 아니다. 반대일 수도 있다. 시가 이해된다는 게 도리어 수상하다. 누군가의 이해체계 속에 편입되는 시는 더 불편하다. 나를 만져주세요. 그러면서 서점 매대 위에 야릇한 표정으로 누워 있는 시집은 얼마나 많은가. 시가 이해되었다는 말처럼 어색한 말은 없다. 아무리 읽어도 모르겠다는 것이 시가 원하는 정답일지도 모른다. 해독불가의 시만이 시인지도 모르겠다. 시인은 리얼리티에 반발하는 존재들이다. 팔루스의 시다바리가 되지 않겠다고 서약해야 시인이다. 이거 무슨 뜻이지. 묻지 말 것. 의미를 격멸하자. 그럼 어쩌자는 거냐. 글쎄요. 나는 모르겠다. 각자 해결하세요. 시를 읽다가 무릎을 탁 쳤다면 그것은 시에 속았다는 자기 확인이다. '책이 지루하면 내려놓으세요. 그건 당신을 위해 쓰인 책이 아니니까요.' 호르헤 루이스 보르헤스가 이런 말을 하다니.

∀

내일 읽을 책 몇 권을 꺼내놓는다. 밤을 위한 디자인이다.

이 나이에 남의 책을 읽고 마음이 흔들린다는 것은 곤란하다.

이제 더 속기 싫다. 다 거기서 거기다. 이러면서 크게 속는 밤.

'할 일 없는 나에게'라는 말을 메모하고 하루를 끈다.

*

시 쓰고 싶다. 사실은 시 쓰고 싶지 않다.

누가 시를 쓰고 싶겠는가. 자기 기만이라는 찬란한 오작동 없이는 시를 쓸 수 없다. 할 말이 있어서 쓴다는 입장은 철없이 들린다. 물론 그것은 너스레의 일종이다. 할 말이 없을 때

만이 할 말이 생겨난다. 거기서 더 외로워야 하고 더 쓸쓸해야 한다. 시인이라는 간판은 내리고 혼자 써야 한다. 마치 무허가 여인숙처럼. 길 가던 나그네가 하룻밤 묵어가는 집. 아침에 일어나 보면 없는 집. 꿈이야 생시야? 그런 집 같은 시를 쓰고 싶어진다.

..

2020년 10월 19일 월요일

..

하루키 산문집 출간 소식이 떴다.

『고양이를 버리다』주문. 김창완 생애 두 번째 솔로 앨범의 제목은 '門'. 시간의 문이다. 타이틀 곡은 '노인의 벤치'. 제목이 눈에 든다. '시간은 모든 것에 무관심했지만/추억을 부스러기로 남겼지.' 노래를 들어볼 일이다. 김은 자신이 출연한 드라마를 한번도 본 적이 없다고 인터뷰했다. 자신의 일과 기쁨은 촬영현장에서 다 끝났다는 것이다. 의미는 언어에 붙어있는 초라한 흔적이라는 말도 그의 어록이다. 내 기억은 부정확할 수 있다. 황인숙의 산문집『좋은 일이 아주 없는 건 아니잖아』는 제목에서 일말의 안도감을 준다. 좋은 시집이 아주 없는 건 아니잖아. 신간과 신보들을 접하면서 내게

가라앉은 키워드는 노인이다. 우리에게 노인문학은 있었던
가. 노인문제를 다룬 시나 소설은 있었겠지만 노인이 스피커
로 등장하는 문학은 잘 떠오르지 않는 편이다. 노인시인은
많지만 그럼에도 불구하고 그런 생각이 새삼스런 날이다.

「

흐린 밤 볼펜으로
이제 무엇을 쓰랴
흐리게 흐리게 무엇을 쓰랴

무엇을 찾아 무엇을 찾아
쓰랴 서럽던 날들을
쓰랴 사라진 바다를
바다 위의 구름을
용서하랴 부서지랴

축복받은 날들은
모조리 아름답던 날들

이렇게 흐린 밤

목메이는 밤

무엇을 쓰랴

이 백치같은 외롬

마음껏 찢어지는 외롬

하염없는 날들만 하염없으니

영원히 저무는 병원 하나만

무적(霧笛)처럼 흔들리는 방에서

사랑했던 사람아

흐린 밤 볼펜으로

이제 무엇을 쓰랴

떠날 수 없고

머물 수 없으니

바위같은 가슴이나 울리면서

이제 무엇을 쓰랴

이승훈의 「흐린 밤 볼펜으로」 전문이다. 흐린 밤 볼펜으로 베껴본다. 출전은 1983년 고려원에서 나온 『사물들』이다. 이런 시가 있었구나. 이승훈의 시 같지 않고 이승훈의 시 같다. 식민지 시대 청년의 목소리가 울려나온다. 만년필도 아니고 타자기도 아닌 볼펜이 나를 흔든다. 흐린 밤 볼펜으로 무엇을 쓰랴. 할 말도 다 끝난 밤에. 용서하랴 부서지랴.

**

흐린 밤 볼펜으로 이제 무엇을 쓰랴.

가을밤은 봄밤의 달뜸이 없으나 대신 쓸쓸하다. 손대면 무너질 듯한 순간들이 다가온다. 쓸쓸하다는 말은 설명할 수 없다. 설명된다면 그건 쓸쓸함이 아니다. 흐린 가을 밤의 쓸쓸함이 끝나면 선배의 시도, 후배의 시도 동료의 시도 다 의심스럽다. 너무 시 같지 않은가. 너무 시만으로 무장하고 있지 않은가. 단단하고 세련되었다. 그건 시가 아닐 것. 시라면 좀 허술하고 앞뒤가 어긋나고 짝퉁스럽고 외설스럽고 생경하고 작위적이어야 한다고 나는 생각한다. 내 시의 약점은 시라는 관념을 베끼고 있다는 것이다. 구 판본의 시창작론을 뒤적거리고 있다면 당신은 거기서 끝. 집을 벗어나 달아

나다가 다시 돌아와 가스 불을 점검하고 문단 속을 하고 있
는 꼴이지 뭐야.

　다이소에서 시집을 사고
　길 건너 허영마트에선 팔다 남은
　국내산 희망 100그램을 카드로 계산한다
　오늘 저녁 나의 끼니다
　나에게 아무것도 묻지 마라

..

2020년 10월 20일 화요일

..

　가끔 되돌아오는 기억 한 토막.

　초등학교(국민학교라고 두드리면 자동으로 초등학교로 바뀐다. 이건 컴퓨터 프로그램의 폭력이다. 국민학교는 초등학교가 아니다) 운동회 때 달리기 하던 기억은 가끔 자주 내게 되돌아와서 무언가를 암시한다. 출발선과 결승점 중간 지점에 아무렇게나 접힌 종이들이 여러 개 놓여 있다. 거기에는 덧셈, 뺄셈, 곱셈을 해야 할 숫자들이 적혀 있고 선수들은 달리는 도중에 그것을 집어들고 결승선으로 달리면서 계산을 해야 한다. 1등으로 골인해도 답이 틀리면 등외가 된다. 나는 등외였다. 입상권으로 달려갔지만 오답이라는 판정을 받던 그 낭패감이 지금도 나를 싸고 돈다. 없는 머리 굴리면 그렇게 된다. 그래도 정답이라고 믿을 때까지는 좋았음.

*

뒹구는 돌은 언제 잠 깨는가, 어느 날 나는 흐린 주점에 앉아 있을 거다, 겨울밤 0시 5분, 우리를 적시는 마지막 꿈, 그늘 반근, 당신이 보는 것이 당신이 보는 것이다, 가끔은 주목받고 싶은 생이고 싶다, 북치는 소년, 쓸쓸해서 머나먼. 시집 간판으로 올려진 시인들의 문장이다. 이 제목들 떠올리면 익숙한 마을을 지나가듯, 골목길을 지나가듯, 지인의 집앞을 지나가듯, 이제는 멀어진 옛사람의 집을 지나가는 듯한 감회가 있다. 감회라는 흔적을 손으로 만져본다. 돌아가고 싶어도 돌아가지지 않는 안타까움을 한 손에 들고 다른 골목으로 접어든다. 여기가 아닌데 하는 그 길로 가자. 처음 가는 길, 네비에 입력되지 않은 길, 처음 보는 얼굴, 생소한 풍속, 눌러야 할 격한 감정 속으로 자발적으로 들어가 딱 한철 딱하게 살아보자.

**

박찬욱의 영화가 철학적이라면 봉준호는 사회학적이다. 홍상수나 장률은 영화적이다. 게다가 문학적이다. 아니 문학이다. 홍상수 영화의 차이와 반복을 문학으로 보지 못하는 문인한테는 아무것도 나는 구하지 않는 편이다. 봉감독은 가장 한국적인 것으로 부조리를 꼽았다. 아무렇게나 기분 대로 써보자면 남조선은 도덕성도 부조리하고 자유도 부조리하고 민주주의도 부조리하고 예술원도 부조리하다. 심지어 중국발 코로나 십구도 부조리하다. 어딘가 반듯한 구석이 있으면 나에게도 공지해주시길 바란다.

ζ

오늘은 화요일. 어제가 월요일이었다는 실감이 멀어졌다.

이제 벌써라는 부사어만 쓸 날이 남았나 보다. 우좌지간 불암산을 넘어온 햇살이 방안 가득 넘실거린다. 커피 한 모금 입에 넣는데 어떤 생각이 지나간다. 시를 계속 써야하는가. 그만 써도 되지 않겠는가. 이 생각은 오프더레코드다. 비

공식 기록이다. 이유는 딱히 모르겠다. 그냥 그렇다. 끝까지 쓰는 시인이 존경스러웠다. 물론 한국문학사는 그런 선례가 찾아지지 않는다. 일찍 죽거나 흐지부지 하고 말았다. 시에서는 끝까지 쓰는 선례가 보인다. 김영태, 오규원, 이승훈, 황동규 들이 그 첫 선례로 생각된다. 자신의 시쓰기를 끝까지 쓸어안는 모습을 그들에게서 발견하게 된다. 그러나 그것은 그들 세대까지의 문제이고 이제로부터 시쓰기의 완주는 무슨 의미로 수습될까 궁금하다. 퇴직하고 시간도 많은데 뭐하겠어 시나 쓰지. 이런 가용시간이 시에 무슨 소용이 될까. 시는 누구를 위해 쓰여지는 걸까. 시쓰는 존재도 시에서 소외된다. 산을 오르는 사람들은 하산하는 사람에게 묻는다. 정상이 멀었습니까? 돌아오는 대답은 한결같다. 조금만 가면 됩니다. 조금만은 맞는 말이지만 결코 조금만으로 측정되는 거리가 아니다. 산은 정상이 있지만 글쓰기에 정상은 없다. 정상 같은 소리. 그만 써? 정말 그만 써도 되나? 괜찮겠어? 이렇게 계속 습관적으로 쓰면 종국에 나는 기능직 시인이 되겠지. 며칠 더 생각해보자.

메모 ✐

앙 리타(Ang Rita, 1948.7.27~2020.9.21)는 만 28년간 셰르파로 일하며 히말라야 8,000m급 고봉을 19번 등정했다. 세계기네스협회가 인정한 에베레스트 최다(10회) 무산소 등정과 최초· 유일 동계 무산소 등정 기록이 그의 것이다. 하지만 그는 단 한 번도 마이크 앞에 초대받은 적이 없었거나, 응하지 않았다. 그래서 적잖은 부고와 유튜브 동영상 어디에도, 그의 육성은 한 마디도 없다(한국일보, 2020.10.19. 최윤필 기자).

2020년 10월 21일 수요일

이번 가을엔 그냥 놀아야겠네
그동안 시를 너무 많이 썼거든
밥먹듯이 썼더니 나조차 이거
내가 쓴 거 맞어?
그러고 있다

　내가 쓴 시를 내 입으로 줄줄 읽는 건 멋쩍다. 썼으면 되었고 활용이나 유통은 다른 문제다. 낭독회는 소비 영역이 제한적이다. 쓰는 사람은 쓰는 순간에 시를 영접했던 열정이 다 휘발된다. 쓰고 나서도 힘이 남으면 시를 더 고치든가 다른 시에 착수하면 된다. 나는 내 책을 꺼내서 펼쳐보는가? 예스라는 답이 안 나오는군. 인터넷에서 자기 이름을 검색하는 일과 다르지 않다. 멋쩍다. 멋이 적다.

*

밤산책을 했다. 걸으면 출렁거리던 생각이 정돈된다.

흩어졌던 사념들이 서로들 알아서 자리를 잡는다. 그게 걷기의 부산물이다. 대지의 호흡이 몸으로 옮겨온다. 걷기에 관해서 더 심각하게 생각하자고 마음 먹었던 때도 있었다. 원주에서 봉화까지 걸었던 도보길에서 떠올린 생각이다. 오래 전 일이다. 걷다가 죽으면 좋겠다는 생각도 그때의 것이다. 첫 산문집 『설렘』에 그때의 기록들이 실려 있다. 요즘은 야행성 탐미주의자도 아니면서 이곳저곳 밤길을 산책한다. 밤의 불빛 속에서 나는 편해지고 순해진다. 밤산책은 누군가의 산문집이다. 에세이도 아니고 수필도 아닌 산문이라는 말 속에서만 피어나는 그 무엇이 있다. 이 시간 서로 다른 입장으로 왁자한 상계역 골목길을 밝히고 있는 불빛처럼.

*

　시인과 평론가를 겸직하는 문인들을 보면 제 털 뽑아서
제 구멍에 박는 인상이다. 왜 이런 생각이 왔는지 모르겠다.
김수영을 두고 평론가라 부르지는 않는다. 그의 월평이나 문
학론이 녹아 있는 산문을 보고 있으면 그는 대단한 평론가
이기도 하다. 논문작성법으로 훈련된 평론가들과는 차원이
다르다. 평론가는 이론적으로 훈련되기보다는 시가 가진 자
체의 특성을 찾아읽는 존재다. 메모: 김수영이 누군지 모르
면서 시를 쓰는 사람도 있다. 행복한 시인이다. 김수영을 알
면 김수영에 엮인다. 대개의 한국 시인들이 그런 자장 속에
서 자유롭지 않다. 김수영과 관계없이, 서정주와 관계없이,
이상과 관계없이 시를 쓰는 것이 미래요 희망이다. 어떤 시인
이 자신의 창작 준거가 되어서야 되겠는가. 그가 발군의 시
인이라 할지언정.

⌋

　잠깐 스마트폰을 이용해 하루키의 인터뷰 한 편을 읽었다.

2005년 하바드대에서 진행된 인터뷰다. 그가 가즈오 이시구로의 소설을 추천했다. 가즈오가 일본계라 그런가. 우좌간 하루키의 소설이 왜구소설 편 서가에 꽂혀 있는 짤이 종일 인터넷에 떠돌았다. 하루키를 읽는 나도 왜구 토착인가.

*

엷은 잠결에 무슨 생각이 지나가서 폰 액정에 메모했다. 아침에 보니 자모가 분해되어 무슨 말인지 알 수 없다. 그런 일이 한두 번도 아니고. 인연없는 생각은 이렇게 스치 듯 지나가면 되는 거지. 괜찮다. 잠 속에서 다시 만나면 손을 흔들어주리.

새 날은 조금 다르게.
평상심에 찬물 한 방울 타 듯이.
이렇게 메모하고 조금 더 잤다.
그러나 잠은 이미 멀리 달아난 뒤다.

..

2020년 10월 22일 목요일

..

기억나는 시인의 자서 두 장면.

하나는 김혜순.
나는 시라는 운명을 벗어나려는, 그러나 한사코 시 안에 있으려는,
그런 시를 쓸 때가 좋았다. 그 팽팽한 형식적 긴장이 나를 시쓰게 했다.

다른 하나는 황동규.
죽어서도 꿈꾸고 싶다.

*

석사과정 수업을 듣던 시절 소설론을 맡았던 교수님의 혼잣말이 떠오른다.

'문장은 역시 상허지. 음, 그럼.' 음성에 이태준을 읽던 젊은 날의 아련함이 묻어났다. 누구에게나 젊은 날 자신의 열기가 묻어있는 소설이 있고 시가 있다. 그것이 문학에 들어서는 입구가 되면서 문학에 붙잡히는 이유가 되기도 한다. 자기 문학의 흠모가 되는 문인을 존중하면서, 따라 읽으면서, 기뻐하면서, 실망하면서, 다시 읽으면서, 처음의 그날처럼 가슴이 두근거려야 한다. 그 일은 오래 묵은 사랑을 반복하는 일이다. 글쓰기는 광기와 위반에 대한 유혹이기도 하지만 그 이면은 자신의 초심을 앗아갔던 문학 앞에 꿇어앉아 울고 싶은 기도이기도 하다. 순한 내가 더 순해진 것 같다. 이러면 안 되는데.

**

쉬엄쉬엄 쓰자

쓰다가 막히면 지우고 다시 쓰자

전화 오면 전화 받고

음악 나오면 음악 들으며 쓰자

단풍 들면 단풍 곁에서

비오면 우산 받고 쓰자

아무도 생각나지 않는 밤도 있고

친구가 나타나서 처음 뵙겠습니다

그러면서 손 내밀어 악수를 청하는 꿈도 있다

나를 아버님이라 호명하던 은행 창구 여직원이

꿈속에 들어와서 내 시를 낭독하는 밤도 있다

조용조용히 쓰자

아무도 모르게 뒷방에서 쓰자

시가 없다고 상상하면 그 싱싱한 밤들은

다 어떻게 할 것이냐 이런 마음

내가 모르면 누가 알까

이 시는 아직 제목이 없다. 출생신고 이전의 시다. 손이 많이 간 수도 있다. 이 시를 타자하는 동안에 베토벤 피아노 소나타 30번 E플랫 장조 Op. 109 중 3악장이 손민수의 라이브로 깔렸다. 노래하듯이, 마음속으로 깊은 감동을 지니고.

*

수수한 가을날이다.
손바닥을 펴고 얼굴을 비춰보고 싶은 오후다.
인건비가 빠지지 않는 시를 쓰고 있는 늙은 남자.
그러나 쓸 뿐.
그건 운명이 아니다.
삶의 간주곡 비슷한 그 무엇이다.

데이비드 립스키의 『처음부터 진실되거나 아예 진실되지 않거나』(이은경 옮김)를 읽다가 풋잠을 잤다. 520쪽이 넘는 책인데 짬짬이 손에 든다. 『재밌다고들 하지만 나는 두 번 다시 하지 않을 일』(김명남 엮고 옮김)에 이어진 독서다. 데이비드 포스터 월리스(David Foster Wallace)의 소설은 국내 번역이 없다. 혹시 김명남 씨가 번역하고 있지는 않을런지. 그랬으면 좋겠다. 북촌에서 커피라도 한 잔 대접하게.

2020년 10월 23일 금요일

상강(霜降)이다.

서리가 내리 듯 모르는 사람에게서

잘못 걸린 전화가 올지도 모르겠다.

대출 중인 소설책처럼 어디론가 좀 떠다녀야겠다.

책 속에서 희미해진 밑줄처럼 희미해지기.

그리고 분실되기. 한번 더 망실되기.

내 시집 『아무것도 아닌 남자』에는 헌사가 붙어 있다.

凡所有相 皆是虛妄

무실동의 **밤**들에게

Đ

『말 타고 보덴호 건너기』를 메일로 주문했다.

500부 한정본으로 펀딩이 된 책이다. 피터 한트케의 희곡. 말을 달리다 자기도 모르게 살얼음이 낀 보덴호(Bodensee) 위를 건넌 기사가 뒤늦게 그 사실을 깨닫고 놀라 숨이 끊어져 말에서 떨어진다는 구스타프 슈밥(Gustav Schwab)의 발라드와 그 이야기에서 유래된 "휴—말 타고 보덴호 건넜네!"라는 관용적 표현은 이 희곡의 제목과 드라마투르기의 영감이 되었다고 한다(라삐율). 'Bodensee'의 Boden은 독일말로 '바닥' '지반'을 뜻한다. '무대'라는 뜻도 있다. 이십대에 대학로에서 『관객모독』을 본 기억이 있다. 『말 타고 보덴호 건너기』를 연극으로 보기는 어려울 것이다.

*

밤을 잊은 그대에게. 시를 잊은 그대에게.

나를 잊은 그대에게. 그대를 잊은 그대의 집 앞에서 내 시는 떠돈다. 내 시는 언어의 유령이다. 언어에 실리지 못하고,

언어에서 벗어나 떠도는 유령이다. 말로 표현할 수 없는 것만이 나의 시가 된다. 문자로 기표될 수 없다는 점에서 나의 시는 비극이다. 그럼에도 불구하고 시라는 가건물로 엮인다는 점에서 나의 시는 기만이자 사기극이다. 언어는 그러므로 어떤 경우에도 내 생각을 표현하지 못한다. 생각이라는 것도 믿을 수 있는 게 아니다. 수상하다. 생각이 깊다. 고상하다. 숭고하다와 같은 표현들도 다 그렇다. 누군가 나를 안다고 할 때, 내 시를 이해한다고 할 때 나는 소외된다. 그것은 내가 아니라 나의 흔적일 것이고 내가 벗어놓은 허물일 것이다. 그것도 나라면 나다. 그렇지만 나는 나로부터, 나의 언어로부터, 시라는 웃기는 짜장에서 끊임없이 도망친다는 것을 이해해 줬으면 좋겠다. 이해라는 말은 거짓말이다. 이해를 향한 소망과 이해는 같지 않다. 모든 이해는 유형화이고 유형화는 유령화다. 누가 누구를 이해한단 말인가. 심지어 자동응답기처럼 해석하려는 사람도 있다. 당신의 시는 서정시군요. 당신의 시는 재래식 실험시군요. 당신의 시는 뻔뻔스러운 자기복제입니다. 자기 표절이지요. 시를 잘 보시는군요. 그러나, 그래서 시를 잊은 그대만이 나의 독자가 될 것이다.

**

2퍼센트 부족한 시가 좋다.

좋은 시는 그런 시다. 부족한 2퍼센트를 찾느라 이 나이에도 허덕댄다. 급할 때는 남모르게 은근슬쩍 만들어넣고 모른 척 할 때도 있다. 그렇게까지 할 필요가 없었다는 후회에 시달릴 때가 많다. 혹 누군가가 읽고 시가 좋다는 반응을 보이면 없는 쥐구멍을 찾게 된다. 이런 급조로 나를 속이는 건 내가 원한 일이 아니다. 시가 그런 것은 아닐 것이다. 시는 무언가 2퍼센트 비어있을 때 스스로 완성된다. 시인도 모르는 부족한 2퍼센트가 시를 감싸는 근육이리라. 2퍼센트는 창작되는 건 아니다. 노력으로 되는 것도 아닐 것이다. 시인의 삶이 놓쳐버리고 지나친 순간이 주인을 찾아올 때만 시의 2퍼센트는 생성된다. 시도 시인의 손가락도 모르는 순간이다. 언제부턴가 나는 이런 개똥철학을 지니게 되었다. 논리는 2퍼센트 부족하지만.

∀

　새벽에 비 왔던 모양.

　내가 말하는 새벽은 신새벽이다. 세 시 이후. 세 시에 깨어
시를 쓰는 사람도 있을 것이다. 새벽 세 시가 시의 시간이라
고 한 외국 작가도 있다. 새벽 네 시에 쓴 시는 믿지 않는다
는 작가도 있다. 우좌지간. 내가 자는 사이에 빗소리듣기모
임 임시총회가 있었다는 뜻이다. 나는 빗소리듣기모임의 숙
연한 준회원이다. 내가 믿고 있는 시의 시간은 낮 열두 시. 나
머지는 시를 준비하는 브레이크 타임.

**

　퇴직하고 일

　없어서

　쓰고 있는

　시처럼

　세상에

　불쌍한 시가

또

있으려나

겨우 시같은 시 몇 줄 행을 붙였다 뗐다 하면서 큰일이라
도 했다는 듯이 쓸쓸한 허기를 느끼는 순간 강릉 남문동 가
구골목 장칼국수 생각에 입맛을 다신다 불쌍한 시 혀끝을
차면서 한번 더 강조해둔다

웹소설이 있다면 웹시도 있어야 할 것. 그런 생각하면서
밤산책을 나선다.

추워졌다. 내일 오전 4℃. 서울 맑음. 미세먼지 좋음. 강수
확률 0%.

*

신생 출판사와 시집 출판을 준비 중이다.

아직은 시집 하드웨어에 대한 조율을 하고 있다. 내 시집이
선두로 출판된다. 12번째 시집이다. 많이도 냈다. 많이 냈다
는 사실이 흠이 되기도 한다. 옳은 말이다. 시에 대한 절제심

이 약하다는 뜻으로 받아들여지기도 한다. 그렇게 볼 여지도 적지 않다. 내 생각은 조금 다르다. 시는 이제 기능적인 소모품이 되어 있다. 누구의 시든 오래 버틸 재간이 없다. 오늘은 오늘의 시가 있고 내일은 내일의 시가 있다. 다산성은 사라지는 순간순간을 포획하려는 시인의 열망이다. 시는 총 70편이 정리되었고, 해설이 들어가는 자리에 자작의 인터뷰가 붙는다. 해설이라는 객관적 시선도 필요하겠으나 여러 사정으로 인터뷰로 대체된다. 해설이 붙을 날도 있으리라. 시집 낸 지 한참 된 듯 한데 딱 2년 되었다. 2018년 10월에 『여긴 어딥니까?』가 세상에 나왔다. 이런 서지(書誌)를 기억할 사람이 없다는 사실이 하염없는 나의 시다.

메모 🖉

사람은 글을 쓸수록 달필가가 된다(레몽 크노).

..

2020년 10월 24일 토요일

..

　이승훈 유고시집과 무라카미 하루키의 책이 왔다.

　아직 손대지 않고 책상 위에 둔다. 책상 위가 그득한 느낌이다. 읽기 전의 긴장감을 좀 즐긴다. 하루키의 책은 99쪽이다. 판형도 손바닥만 하다. 이거 너무 한 거 아닌가 싶지만 그래도 하루키니까. 그리고 읽기 전이니까. 다른 해석은 유보한다. 빨래 널기 좋은 날이다. 축축한 정서가 있다면 이 햇살에 같이 널어서 뽀송해지기를.

Œ

　글을 읽다 보면 '지면 관계상' '나중에 자세히 설명하겠다'

와 같은 문장들을 만난다. 그때마다 필자에게 묘한 감정을 가지게 된다. '지면 관계상' 다 쓸 수 없다면 '지면'에 맞게 쓰셔야지. 굳이 핑계를 댈 필요가 있을까. 연속극도 아닌데 할 말을 뒤로 미루는 것은 독자를 붙잡아두려는 전략인가. 글의 맥락상 뒤로 넘기는 것이 서술의 효과가 있다면 그럴 수도 있다. 이런 저간의 사정을 십분 이해하면서 나는 조금 다른 면에서 이런 전제적 문장들을 사랑한다. '지면 관계상'은 흔히 지면이 부족하다는 것을 뜻하겠지만 그 반대도 있을 수 있다. 즉 지면이 너무 널널해서 지면을 채우기가 거북하다는 반어적 의미도 있을 수 있지 않을까. 또, 할말이 별로 없을 때 괜히 '지면 관계상'(마치 시간 관계상과 흡사히) 소략하게 쓸 수 밖에 없다고 눙치는 필자에게는 나도 모르게 정이 간다. 더 정이 가는 필자는 뒤에 자세히 설명하겠다고 해놓고 설명을 슬쩍 떼먹는 일이다. 필자는 글의 호흡 속에서 자기 약속을 망각했을 수도 있고, 일부러 그런 호객을 했을 수도 있다. 기억력이 좋은 독자는 그 말을 믿고 기다리며 읽어나갈 것이나 끝내 앞에서 약속된 '자세한 설명'을 접하지 못하면 어리둥절해진다. 뭐야, 이 사람. 너그러운 독자라면 그러면서 빙그레 웃을 수 있다. 그럴 수도 있지. 그건 뺑도 속임수도 아니고 단지 문장상의 애교 정도로 보면 된다. 가끔 그런 문장들을 만나면 나는 긴장하게 된다. 나도 이 느낌을 다른 지면에서 자세히 설명해보겠다.

♬

모든 것은 사라진다.
나는 사라지지 않을 것이다.

**

어깨가 쑤신다(오십견이군요). 육십인데요(그럼 육십견이지요). 발도 아픕니다(통풍입니다). 눈이 침침합니다(백내장입니다). 머리도 아픕니다(편두통입니다). 불안하고 답답합니다(우울증이지요). 모르는 게 없으시군요(자동응답기니까요). 인생은 무엇입니까(그런 걸 물으면 어떡합니까)?

Å

내가 사랑하는 웃기는 시인

**

오늘은 반 줄만 쓰고 놀자.
시는 길고양이에게 주는 게 합당하다.

ʒ

『음탕한 늙은이의 비망록』. 찰스 부코스키. 부코스키를 많이 읽었다. 시집, 소설, 에세이, 여행기 등 거의 읽었다고 보는데 번역이 또 나왔다. 장사가 되는 모양이다. 깡패인 줄 알면서도 또 만날 수 밖에 없는 친구 같다. 주문. 하루키의 『고양이를 버리다』를 읽었다. 부제가 '아버지에 대해 이야기할 때'이듯이 거의 처음으로 작가의 아버지에 대해 상술했다. 아버지, 어머니, 할아버지에 대한 가계도가 다 나온 셈. 하루키의 부모는 공부를 잘 했고, 문학적 인자를 가진 사람들이다. 아버지를 이해하는 방식이 덤덤하게 촘촘하게 정리된 짧은 글을 통해 소설가의 멘탈리티가 어떻게 구성되었는지 조금 짐작하게 된다. 그나저나 이제 책 그만 읽어야 겠다. 나만큼 책 안 읽은 사람도 없을 것이다. 책 많이 읽은 사람은 부럽지 않다. 이것만 읽자. 내가 나에게 하는 완전한 거짓말.

*

오후에 당현천을 걷고 돌아오는 길에 전화를 걸었다. 수신자는 출판사를 하는 지인. 내 책을 출판할 의사가 있느냐고 물었다. 질문은 0.5초 내에 이루어졌다. 돌아오는 대답은 한 5분 걸렸을 것이다. 그것도 질문과 상관없는 다른 얘기였다. 출판사 사정이 어렵다고 했다면 그것으로 대답이 충분했을 것이다. 다시 전화하겠다면서 전화는 종료된다. 지인의 전화는 오지 않을 것이다. 나는 아무렇지 않다. 지인 이상의 설정이 없기 때문이다. 설명은 설명이 불필요한 사이에서만 일어나는 소통 방식이다. 고맙소, 지인. 혹시 이 문장을 읽는다 해도 내 얘기는 아니군 그러면 됩니다(지인이 이 문장을 읽을 가능성은 그가 베토벤 피아노 소나타 30번 전악장을 들을 만큼 확률이 낮다).

빠르게 해가 지면서 급 추워졌다. 낯선 추위다. 이 추운 날 천변에서 기타 연주회가 열린다. 청중은 열 명 정도. 그것도 음악협회 사람들 빼면 나같은 무직의 순수 관객은 더 줄어든다. 예술이 존재하는 방식이 이렇다. 산책로에 의자를 놓고 연주가 진행되는 동안 그 앞으로 자전거와 걷는 사람들이 수시로 지나간다. 그래서 실황은 더 실감난다. 슈베르트의 「밤과 낮」에 이어서 기타리스트가 자작곡 「고구려의 기상」을 연주한다. 열 명을 앉혀놓고 연주하기엔 아깝다. 기타 한 대로 입체적이고 복잡한 음악을 만들어내는 대단한 연주력이다. 연주자 등뒤에서 노원달빛축제라는 플래카드가 시월의 스산한 오후를 흔들어댄다.

메모 🖉

상계역 앞에서 삼십 대 후반 남자가 대낮에 울면서 통화를 한다.
찡한 현타가 온다.

..

2020년 10월 25일 일요일

..

　하루키의 『고양이를 버리다』에 대한 생각이 자꾸 덧나 개칠을 한다. 하씨는 '그림은 타이완 출신의 젊은 여성 일러스트레이터인 가오옌 씨의 화풍에 매료되어 그에게 모든 것을 맡기기로 했다. 가오 옌 씨의 그림에서는 어딘지 모르게 묘한 그리움 같은 것이 느껴진다.'고 작가 후기에 썼다. 나는 '묘한 그리움'이라는 표현에 끌린다. 그 말이 귀하게 다가왔다. 20세기 사람들에게 그리움은 생을 영위하는 양식의 일종이다. 컵라면 같은. 그리움이라는 말을 쓰지 않는 것은 내 안에 그리움이 사라졌다는 뜻이다. 그렇게 생각하면서 다시 본문에 들어있는 그림들을 보니 우리네 정서와 다를 게 없다. 고양이를 안고 있는 소년, 툇마루에 누워서 고양이와 놀고 있는 소년, 바닷가에 서 있는 소년, 아버지와 야구하는 소년 등. 그림이야 어떠하든 선이나 색채감이 한국적이라는 말이다. 그러나 자세히 뜯어보면 또 우리와는 많이, 너무, 아주 다른 무엇이 그림을 채운다. 하씨의 책 삽화에서 작가가 느끼는 묘한 그리움이 내게까지 전달되지는 않는다. 한국인이고 강원도 영동지역에서 성장한 나의 감각과 멘탈리티는 오사카와 고베 사이에서 성장한 하씨의 것과 대충 비슷하지만 또 대충 다르다. 나는 대충이라는 말에 방점을 찍어둔다.

$$\partial$$

일진(日辰)이라는 게 있는가 보다.

오늘이 그렇다. 이것저것. 내용은 생략한다. 불암산 산길을 걸으면서 다 용서했다. 용서는 내 생각의 잣대를 버린다는 뜻. 상대방은 상대방의 문제이니 나는 모르겠다.

『황현산의 현대시 산고』주문(예정). 산고는 고지식한 국문학적 표현이다. '설렘이 없는 시는 영검 없이 젯밥만 축내는 귀신과 같다'는 문장은 책의 띠지 광고글인데 그것 때문에 주문하는 건 아니다. 그런 문장은 책을 주문하는데 방해가 된다. 목차에 보이는 '이육사의 안 좋은 시들'이 주문을 서두르게 했다. 말미에 부기로 달린 '젊은 비평가를 위한 잡다한 조언'은 다른 곳에서 읽은 적 있다. 낡고 고지식한 제목이 회고적 그리움을 자극할 때도 있다.

ㅇ

지난 밤도 재즈수첩을 반쯤 듣다가 잠이 들었다. 깨어보니 다음 프로인 전기현의 '세상의 모든 음악' 재방이 흐른다. 재즈가 왜 이래. 속으로 웃는다. 한 주 동안 느긋하게 기다렸던 마음은 어디로 갔나. 마음 있던 자리가 휑하다. 신문지 같은 걸로 임시로 막아놓고 한 주일 살아야겠다. 읽지 않고 쓰지 않아도 별 상관없는 시간이 흘러간다. 좋다! 내 읽기와 쓰기가 도달하고 싶었던 궁극이 아니었겠나 싶다. 내 생각에 속으면서 잠을 청했다. 속편격인 잠.

재즈에는 재즈가 있다.
재즈는 어딘가 시와 비슷하다. 자유롭고 싶고 자유에서도 벗어나고 싶은 게 재즈다. 재즈는 오로지 재즈만 추구한다.

재즈를 통한 무엇에는 관심이 없다. 재즈뮤지션은 재즈 밖으로 나가지 못한다. 평생 그 속을 헤매다가 죽는다. 시도 그런 게 아닐까. 시에 무엇이 있고, 시를 통해 다른 무엇을 추구할 수도 있겠지만 그건 시의 근본주의와는 다른 핏줄이다. 재즈에 관한 한 권의 책을 쓰리라. 그런 야무진 생각을 한 적도 있다. 주제를 모르면 그럴 수 있다. 결코 이루어지지도 착수하지도 않을 나의 꿈이다. 이루어지지 않아야 꿈이다. 나에게 재즈는 '재즈수첩' 시그널로 사용되는 케니 도햄의 트럼펫 솔로「Old Folks」근처다. 여기서 왼쪽으로 또는 오른쪽으로 확 나가버리는 재즈적(음악적) 일탈을 포함한다. 재즈와 시의 확고부동한 유전자는 외로움이다. '재즈는 못난 우리 형 같은 음악'이라고 한 황덕호의 정의는 형이 없는 나에게도 언제나 마음 한 켠을 무겁게 만든다.

**

  오늘은 약속이 있다.

  이심정 시인을 만나기로 했다. 그는 나보다 10년 손아래 시인이다.

나는 그의 등단 지면도 알고, 한 권만 낸 그의 시집도 읽었다. 그와 나는 서로의 시에 대한 공명이 있다. 그의 시는 웅숭깊다는 웃기는 말과도 멀고 시적인 교만도 없다. 수수하게 말해서 수수한 시다. 너무 가속기를 밟아서 돌아오지 못하고 당황하는 시가 아니고 명함 같은데 시인이라고 쓰는 시인도 아니다. 자존심이 있는 시를 쓴다. 오늘은 쌍문동에 사는 그가 나를 만나러 전철 네 정거장을 거쳐서 온다. 내가 이시인의 시집 해설을 썼던 걸 깜빡 잊고 있었다. 이시인에겐 미안하다. 지금 같았으면 좀 다르게 썼을 것인데 그때는 손목에 힘이 들어가서 해설같은 해설을 썼다. 이즈음에 누가 해설 부탁을 하면 좀 낫게 쓸 것 같은데 청탁이 없다. 알음알음의 연줄이 다했다. 이제라면 소소하게, 사소하게, 덤덤하게, 가볍게 웃으면서 테이블 몇 개 놓고 장사하는 동네 커피집 구석에서 나누는 일상적 담소를 닮은 해설을 쓸 것이다. 레퍼런스 없이 쓰는 글. 커피값은 달아놓으세요. 그럴 수 있는 집이면 더 좋겠고. 이시인을 어디서 만나기로 했지?

°ㅋ

사탕에 영양가는 없다.

대신 먹을 때 기분이 좋다. 먹을 때 기분은 좋지만 영양가
는 없다. 어느 쪽이든. 사탕이 못 가진 영양가는 음식물로 채
우면 된다. 그게 공평하고 균형이 맞다. 사탕의 영양가를 분
석하는 일로 시간을 보내기엔 인생이 짧다.

⊥

우체국 앞을 지나가자면 찰스 부코스키의『우체국』이 생각
난다. 이제는 우체국이 아니라 택배국이지만. 우체국에 가면
뭔가 있을 것 같았던 시절은 그 예전의 환상이다. 이수익의
「우울한 샹송」도 그런 시다. 내 의지와 무관하게 가끔 떠오르
는 시다. 그 시절의 시가 좋다고 말하려는 건 아니다. 그 시절
에 어떤 내가 있다고 말하려는 거다. 집착은 접착의 오타.

우체국에 가면
잃어버린 사랑을 찾을 수 있을까.

그곳에서 발견한 내 사랑의

풀잎되어 젖어 있는 비애를

지금은 혼미하여 내가 찾는다면

사랑은 또 처음의 의상으로 돌아올까.

메모 ✐

이제하: 상대에 대한 이해도 중요하지만 누굴 사랑하는 일이 그나마 아름다워 보이는
것은 전력투구를 할 때뿐이다(그런가 봅니다).

*

김창완의 새 앨범 「문」에 나오는 11개의 트랙을 다 들었다.

회고적, 일기적, 성찰적이다. 뽀샵을 거치지 않은 맨얼굴 같
은 목소리다. 노래와 시는 너무 다르구나. 11번째 트랙은 연주
곡 '비가 오네'다. 빗소리듣기모임 회원들은 필청. 신중현, 이
장희, 김창완. 이 셋은 무슨 관련인가. 재즈수첩에서 Jimmy
Giuffre의 무반주 클라리넷 So Low를 비롯해 세 편의 클라리
넷을 들었다. Dexter Gordon Quartet: Autumn in New York. 시
월 마지막 주는 목관악기가 마감한다. 가을 특집이다.

2020년 10월 26일 월요일

날마다 시월 특집이다.

화살나무 잎을 찍었다. 옆에 있는 벚나무는 찍지 않았다.

아끼는 것도 있어야 한다는 생각에서 참았다. 아파트 드나들 때마다 보는데 그때마다 똑같아 보인다. 그럴 리는 없겠지만 내 눈은 똑같은 모양, 똑같은 색으로 보려고 한다. 오늘은 월요일. 불암산과 내 방 사이 허공으로 까마귀가 날아갔다. 손을 흔들었는데 지나간 뒤다. 뒤는 흔적이 없다. 짐 자무시의 영화를 다시 보고 싶다. 「천국보다 낯선」 「커피와 담배」 「패터슨」. 짐 자무시는 1953년생 갑장. 만추의 햇살을 맞으러 나가자. 날마다 낯선 천국이다.

°√

책상을 벗어나서 북촌을 한 바퀴 돌았다.

가을의 북촌이 보고 싶어서다.

일없는 사람의 걸음으로 평일의 한적이 깃든 계동길 구석
구석을 걸어다녔다. 한옥들이 드라마를 찍고 남은 집들 같
다. 집에서 나와 청소를 하는 노인도 고용된 단역 배우 같다.
사실상의 단역은 나였다. 단지 이 시간 이 장소를 걷도록만
배역받은 단역. 이렇다할 표정은 짓지 말 것. 대본에 표시된
지시사항이다. 나는 대본에 충실하며 산책했다. 오랜만에 책
에서 벗어나 현실을 독서하는 인물처럼. 어느 대목에서 누군
가에게 전화하고 싶은 욕구가 왔지만 금방 삭제했다. 한 걸로
치자. 한가로움 속의 한가로움. 閑ㅓ閑. 북촌을 나와서 수운회
관 앞에 섰다. 이 자리에 1920년대의 잡지 ≪폐허≫가 있었다
는 표징을 읽고 순간적인 감회에 젖었다. 조연현의 『한국현대
문학사』에 밑줄을 그으며 공부하던 시절이 좋았어. '행복하
고 싶었던 그 시절이/실은 행복한 시절이었다'(「불행」)고 표
현한 이형기의 시는 두루 고마운 성찰이다. 이제 나는 불행
도 행복도 면제된 시간을 걸어간다.

종로 3가에 이르러 본래 목적지였던 듯이 서울아트시네마로 들어갔다. 자동모니터를 통해 열체크를 하고 전화번호와 이름을 적는다. 직원이 이름을 알아보게 적으라고 명령한다. 알아보게 개칠을 하고 매표소 앞에 섰다. 홍상수의 영화 〈도망친 여자〉 표를 팔고 있다. 미필적(未必的)은 아니다. 뜻밖이다. 이미 보았지만 한 번 더 보는데 주저하지 않았다. 6천원을 내고 E열 11번 자리를 끊었다. 관객은 다섯 명이다. 여성 둘, 남성 셋. 누가 봐도 나는 프로그램을 잘못 보고 들어온 손님이다. 영화는 정시에 광고없이 시작했고, 처음 보았던 그 영화가 그대로 흘러나왔다. 그러나 이 문장은 사실 편차가 심하다. 두 번째 보는데도 처음 본다는 인상을 강화시켜주는 흐름이었다. 저런 장면도 있었던가. 먼젓번에 못 본 장면을 다시 보기에서 처음 본다. 소설이나 영화의 줄거리를 간추리는 것처럼 맥빠지는 일은 없다. 홍상수처럼 서사에 의존하지 않는 영화라면 더 그렇다. 영화사가 제공한 시놉시스를 옮겨놓는다. '남편이 출장을 간 사이 감희는 세 명의 친구를 만난다. 두 명은 그녀가 그들의 집들을 방문한 것이고, 세 번째 친구는 극장에서 우연히 만났다. 우정의 대화가 이어지는 동안, 언제나처럼, 바다 수면 위와 아래로 여러 물결들이 독립적으로 진행되고 있다.' 시놉시스만 보자면 밋밋하고 덤덤하다. 영화를 보면 이것은 더 확연하게 이해된다. 이런 내용도 영화라고 찍었을까. 영화같지 않은 영화다. 인물들의 사소한 일상적 대화 사이로 쓸쓸한 어긋남이 흘러간다. 영화의 마지막은 파도가 밀려오는 바다. 주인공 감희는 극장의자에 앉아 스크린 속 바다를 바라본다. 파도가 밀려온다. 여러 겹으로 밀려온다. 같이, 따로. 바다와 파도는 둘이 아니다. 나도 영화 속 인물 감희처럼 끝장면의 극장에 오래 앉아 있었다. 불가피한 삶이여, 가엾다. 重重無盡 百千萬劫難遭遇.

**

이제 사랑하지 않는 사람. 메모한다.

10월 25일은 평론가 김윤식 교수 2주기다. 어느 평론가가 페북에서 거론했다. 2년이면 사람들은 충분히 잊어버리는구나. 당시, 한국의 3대 문학평론가 중 한 분이 돌아가셨다고 쓴 일간지 기사가 떠오른다. 나머지 두 분은 누구야? 그는 언제나 읽고 썼다. 문학의 마지막 세대일지도 모른다. 이제 문학은 말한다. 문학은 메마른 길이다. 시는 시를 잊고, 독자도 잊고, 시인 자신도 잊었다. 오늘은 오늘의 시가 있고, 내일은 내일의 시가 있다. 오늘의 시와 내일의 시는 핏줄이 다르다. 서로 모르는 사이다. 각자는 각자의 시를 직면하지만 그 일은 그 순간에 한정된다. 시는 의미인가 형태인가. 둘 사이의 긴장인가. 나는 미욱해서 모를 뿐이다. 의미이면서 의미를 부정하고 형태이면서 형태를 일그러뜨리는 것인지도 모른다. 의미와 형태의 긴장은 의미와 형태의 협상인지도 모른다. 하여간 시는 그 순간의 언어적 필연이자 우연이다. 언어의 미장(美粧), 조작, 사기술, 편견과 아상, 18번 노래방, 황당과 손기술, 부족한 자존심.

메모 ✐
떡볶이를 만들면서 소설을 낭독하는 브이로그를 봤다.

..

2020년 10월 27일 화요일

..

내가 사는 동네와 가까운 남양주 별내에 가서 커피를 마셨다. 나를 가운데 두고 양쪽 천변으로 길게 조성된 카페거리에 가을이 한창이다. 인공과 자연이 섞여서 괜찮은 여백이 만들어졌다. 커피는 만델링. 커피값은 6,500원. 파이 한 조각까지 계산하면 계산은 올라간다. 노는 사람에겐 과하다. 아내가 사줬다. 별내에서는 불암산이 그 소슬한 정면을 보여준다. 규모가 작은 산의 자부심이 우뚝하다. 생각하는 대로 살지 않으면 사는 대로 생각하게 된다. 한때는 이 말의 앞부분이 좋았는데 지금은 뒷부분이 좋다. 옳다. 불가에서 강조하는 인연을 따른다는 말이다. 마음 먹은 대로 되어지지 않을 때마다 삶은 삶다워지더라. 커피맛은 돈값을 했다. 그런 생각으로 별내에서 가을 오후를 보냈다. 오전 11시에는 노원문화예술회관에서 '송영민의 뮤직 브런치'의 공연장에 앉아 있었다. 일찍 예매한 관계로 R석에 앉는 호사를 누렸다. 유료 회원은 30% 할인이다. 오늘의 주제는 '클래식이 국악에 반하다.' 피아노, 해금, 판소리가 뒤섞이는 연주회다. 캐논과 사랑가의 콜라보, 해금이 리베르 탱고를 연주하는 프로그램이다. 송영민은 러시아와 독일에서 공부한 피아니스트다.

메모 ✍

마들시인협회 (가칭 마시협)를 만들자고 제안했는데 이심정 시인 빼고는 들은 체도 하지 않았다. 마시협은 할 수 없이 이 시인과 둘이 운영한다. 회칙도 회비도 없다. 격주로 만나서 커피 마시는 프로그램이다. 이심정 시인에게 감사.

..

2020년 10월 29일 목요일

..

중계동에 있는 책을 강릉집에 몇 권씩 옮겨놓는다.

좋아서 사고 읽었지만 슬슬 짐이 되고 있는 책을 보고 있자니 애잔하다. 책이 아니라 그 책에 묻은 나의 지문 때문일 것이다. 우선은 책을 옮기는 것이고, 정리는 차차 하기로 한다. 차차는 미정. 방안에 함부로 쌓인 책들에는 질서가 없다. 나 없는 사이에 저자들끼리 수인사를 나누는 모양이다. 황동규, 정현종, 오규원 시인이 담소를 나눈다. 신경림은 혼자 앉아 있다. 황선생이 이리 오시라고 손짓한다. 최인훈, 이문구, 서정인, 이청준, 김승옥, 박태순도 둘러앉아 있다. 최인훈 선생은 과묵하다. 평론가 김윤식은 눌변이 매력이다. 하루키는 내성적인 모습으로 창가에 서 있고, 지젝은 티셔츠 차림으로 정신없이 떠들어댄다. 라캉도 외치(미친)듯이 말한다. 부코스키가 음탕한 목소리로 시를 낭독하는데 귀 기울이는 사람은 없다. 연장자인 김소월은 반쯤 웃고 있다. 임화가 들어오니 몇 사람은 일어서서 인사한다. 박인환, 김종삼, 김수영은 민화투를 치고 있지 않았을까. 내 방에서 그런 뒷풀이가 벌어졌으면 싶다. 책방의 창을 환기시킨다. 저자들이 맑은 공기를 쐬도록.

○

무리하지 않는 시 앞에서는
(고개를 끄덕인다)
풋풋한 열기가 있는 시 앞에서는
(윙크)
잘 쓸려고 애를 쓴 시 앞에서는
(박수)
열나게 썼지만 열뿐인 시 앞에서는
(손 흔들어주기)
남의 장단에 춤추는 시 앞에서는

(안 읽은 척 눈 감는다)

학원에서 배운 대로 쓴 시 앞에서는

(침묵한다)

낡은 창법으로 쓰여진 시 앞에서는

(전국노래자랑 방청객처럼 따라 읽는다)

새로운 시 앞에서는

(일어서서 방안을 한 바퀴 빙 돈다)

제대로 실패한 시 앞에서는

(합장 반배)

그리고 내가 쓴 시 앞에서는

괄호 없이 한숨 잔다

이걸 시라고 썼다. 손을 풀어보는 아침. 어제는 강릉에서 한 밤 잤다. 아침에는 경포 해변을 걸었다. 한 손에 커피, 한 손엔 파도 한 조각. 낡은 삶이 이만하면 좋은 것인가. 지나가는 갈매기가 웃는다. 시든 해당화도 웃는다. 파도가 순서대로 밀려온다. 나를 지나간 파도가 등 뒤에서 다시 밀려온다. 목요일의 해변은 시가 지나간 뒤끝같다. 오리바위와 십리바위가 가을물결에 젖는구나. 손을 들어 한번 가볍게 흔들어주고 돌아선다. 집에 들어가서 괄호 없이 한숨 더 자야겠다. 나른하면서 싱싱한 모순적인 피로감.

*

황동규 선생님이 신작 시집을 보내주셨다.

외출하려던 걸음을 돌려서 다시 25층으로 올라왔다.

『오늘 하루만이라도』(문학과지성사)

시집을 꺼내내는데 손끝이 가늘게 떨렸다. 이 수전증은 무슨 뜻? 나는 아직 이런 단계이구나. 이게 좋은 거냐 안 좋은 거냐. 중계동 근린공원의 단풍이 깊었다.

메모 ✐

因緣假合, 살아진다, 될 대로 되라, 헐!

..

2020년 10월 30일 금요일

..

어젯밤 한 시 넘어서까지 앉아 있었다.

황동규 선생님 시집을 읽었다. 이리저리 읽었다.

몇 자 적고 싶은데 쓸 말이 없다. 시가 내 말까지 미리 다 가져갔다. 그래도, 그래서 또 이 시 저 시 읽는다. 읽으면 된다. 시는 거기까지다. 본래는 아는 소리를 좀 하려고 했는데 그거 다 쓸데없다는 결론에 도달한다. 표사를 읽어본다. '살면서 힘들었던 일들, 특히 이즈음 몸이 속을 바꾸며 도드라지게 드러나는 일들을 시로 변형시켜 가지고 가고 싶다. 가지고 가다니, 어디로? 그런 생각은 지난날의 욕심이 아닌가? 그래? 그렇다면 못 가지고 가는 시를 쓰자.' 그리고 표사 밑에 떠오르는 텅 빈 여백. 마음 어딘가에 나 모르게 도사렸던 어떤 허기가 나 모르게 사그라들었다. 늦가을 늦밤에 선생의 「가파른 가을날」 끝자락을 혼자 읽는다. 아직 덜 마른 슬픔이 내게 남아 있다. 축축하다.

늙음은 슬픔마저 마르게 하는지
생각보다 덜 슬픈 게 슬프다.
이참에 누런 잎 날리기 시작한 뒷산 잎갈이 나무들 가운데
말수 적은 늙은 나무로 남기 바란다, 나는,
바람 세게 불 때 젊은 나무들보다 비명 덜 지르는.

*

키스 자렛이 연주를 중단한다고 공식 발표했다.
뇌졸중으로 왼쪽 손을 쓸 수 없다고 한다. 치료중인데 빠르게 회복되지 않는단다. 그는 듀크 엘링턴, 빌 에반스, 아트 테이텀, 오스카 피터슨의 뒷자리를 잇는 재즈 피아니스트일 것이다. 알제리 태생의 프랑스 피아니스트 마르시알 솔랄(Martial Solal)은 1927년생인데 현역이다. 내 아버지와 갑장이다. 음악에는 이런 영역이 있구나, 그런 생각. 키스 자렛은

1945년생. 트리오 멤버 중 베이스 연주자 게리 피콕은 금년 4월 사망했다. 1935년생. 또 한명 드러머 잭 디조넷은 지금 자기 집 정원에서 식물들에게 물을 주고 있을 것이다. 1942년생. 2010년 세종문화회관 2층 끝자리에서 이들 트리오의 내한 공연을 봤다. 1회만 공연했다.

*

일 없는 날 일 있다는 듯이
전철 타고 안국에 내린다
그다음은 어디로 가지? 눈 앞으로 가면 되지
북촌에 들어 계동길을 밟는다
집집마다 꽁꽁 묶어 내어놓은 다시는
집안으로 들어갈 일 없는 쓰레기 봉투
나는 이제 저런 것도 보인다
늦은 가을엔 북촌 한옥마을을 걷는 게 좋아
이사간 지인의 집을 찾는 얼굴로 걸어도 되거든
이제 사랑하지 않는 사람과 마주쳤다고 해도
선약이 있어 먼저 갑니다 공손하게 말해주고

거짓말처럼 근면하게 걸어가도 자연스럽다
천지사방이 돌이킬 수 없는
너무 늦은 가을 오후라는 사실

*

Coltrane의 'Naima' ten sax. Michael Brecker (2001년 10월
토론토 Massy Hall 실황) 〔7′ 25〕

Charlie Haden 'First Song' ten sax, Stan Getz, pf. Kenny
Barron (1991년 3월 코펜하겐 재즈하우스 몽마르뜨르 실황)
〔9′ 40〕

미국 전통 자장가, 'Hush-A-Baay, ten sax, Stan Getz, pf.
Kenny Barron (1991년 3월 코펜하겐 재즈하우스 몽마르뜨르
실황) 〔9′ 15〕

스탄 게츠의 마지막 실황. 이 공연 후 그는 3개월 뒤 타계.

김미숙의 가정음악에서 음악칼럼니스트 유정우가 소개한
재즈. 즉흥연주는 연주할 때마다 다르다는 것. 당연하지만
당연하지 않군. 코펜하겐 재즈하우스 몽마르뜨르 구석자리

에 앉아 있었다는 좋은 착각은 순전히 내 것임. 시가 따라가
다가 놓치는 길에 재즈가 있군. 담배 피우고 싶다.

*

　기사에 낚여서 영화관에 갔다.

　피에트로 마르첼로 감독의 「마틴 에덴」. 잭 런던의 동명소
설이 원작이다. 영화는 꽤나 문학적 영상으로 일관했다. '사
랑을 얻기 위해 펜 하나로 맞선 남자' '이념과 계급에 펜 하나
로 맞선 남자'와 같은 문장이 이 영화를 광고하는 카피다. 가
방끈이 짧은 또는 무학의 선박 노무자 마틴 에덴에게 상류
층 여자 엘레나를 얻기 위한 과정이라면 앞의 카피 문장이
맞다. 좌파와 우파 어디에서도 배척받는 인물에 초점을 맞춘
다면 뒤쪽 카피가 그럴 듯 하다. 둘 다 옳다. 그럴 듯 하다. 그
런 이념적 잣대로 영화를 보자면 그렇다. 문학을 대하는 태
도도 그 이상은 아니라고 본다. 무슨 주의니 이론이니 이 따
위들은 다른 주의와 이론에 의해 격파될 때까지만 득세한
다. 새 이론은 낡은 이론을 공격하고, 낡은 이론은 새 이론
을 타박한다. 자기가 없으면 이론에 편승하면 된다. 옳소! 영

화 속 마틴 에덴을 어떻게 볼 것인가는 눈에 따라 다르다. 무식하고 잘 생기고 주먹이 센 노동자가 상층부의 여자를 만나 '오직 당신처럼 말하고 당신처럼 생각하고 싶어' 책을 읽고 타자기를 두드리다가 시인으로 이름을 얻어가는 과정은 대체로 막장적이다. 그는 그러나 시를 쓰면서 스스로 하나의 세계관이 되었다. 끝부분의 기자 회견 장면은 압권이다. 세계적인 시인으로 명성을 얻었지만 에덴은 자기 사랑을 받아주지 않았던 엘레나에 대해, 세상에 대해, 자기 자신에 대해 냉소적이고 독설적이다. '인생은 역겹다'고 외치며 에덴은 지독한 자기혐오에 빠진다. 영화의 진정한 할 말이 빛나는 순간이다. 찰스 부코스키가 연상된다. 부코스키보다는 더 냉소적이라는 점이 차이다. '자신을 견디는 방법? 그것은 아무도 우리에게 대답할 수 있는 위치에 있지 않은 결정적인 질문이다.' 에밀 시오랑.

..

2020년 10월 31일 토요일

..

　시월 막날.

　괜히 마음이 분주하다. 마음만 그렇다.

　관성이겠지. 딱히 분주할 일도 없으면서 그렇다. 그런 날이다. 시월도 스스로를 마감하느라 바쁘다. 물 덜 든 단풍은 오늘치 분량을 채우느라 바쁘다. 낮에 일 다 못한 나무는 야근하겠지. 시간 외 근무. 낙서 겸 몇 줄 자판으로 옮긴다. 손가락도 바쁘다. 25층에서 바라보는 불암산 단풍은 25세기 유물 같다.

　시월의 마지막 날은

　촌스럽지만 하던 일 접어놓고

숨 쉬던 작업도 쉰다

오라는 데 없고
추억도 없는
정동길을 혼자서 걸어보리라
없는 추억이 혹시 간만입니다 하면서
내 앞을 걸어갈지도 모른다

어디까지나 내 생각이지만
몸 있을 때 만나자
이 말은 다른 시에서도 써먹었는데
제자리를 못 찾은 거 같아서
처음인 듯이 새로 쓴다

*

　내게 마음대로 쓸 만큼의 돈이 주어진다면 무엇에 쓸까.
할 거야 많겠지만 지금 생각나는 것은 나의 전기를 쓰는 일
이다. 우선, 전기 작가를 고용하고, 그와 집필에 따르는 절차

와 비용에 관해 의논하고 협상한다. 그가 원하는 만큼의 집필료를 줄 것이다. 또 나의 일생에 대한 대충의 자료조사와 답사가 선행되어야 하고 거기에 들어가는 비용 또한 후하게 쳐준다. 전기 작가와 나 사이에 타협하고 의논해야 할 집필의 원칙이 남아 있다. 사실 이 점이 중요하다. 집필을 내가 하지 않고 삼자에게 맡기는 이유도 이와 관계된다. 나는 이런 가이드 라인을 제시할 것이다. 나의 생애와 관련되는 최소한의 사실만 남기고 세부적 사실은 바꾸어도 좋다. 많이 크게 성형해도 상관없다. 거기에 나는 관여하지 않겠다는 것. 그렇게 되면 사실과 어긋난 부분들이 많이 생길 것이고 논쟁적이 될 소지가 다분하다. 논쟁을 즐기겠다는 것이 아니라 그런 것은 중요하지 않다는 태도로 집필하자는 것이다. 그럼, 소설이 되는 거 아닙니까? 전기작가는 물을 것이다. 소설이라기보다 사실에 목매지 말라는 뜻입니다. 나는 그렇게 말할 것이고 눈치있는 작가라면 나름대로 집필의 활력을 얻게 될 것이다. 매우 중요한 결론은 내가 나의 전기 원고를 읽으면서, 내가 이렇게 살았단 말인가, 괜찮게 살았어, 음, 좋아, 이런 반응을 하면서 고개를 끄덕이면 성공적이다. 어려운가? 쉬운 일은 아니다. 살기는 내가 살았지만 그 삶을 살펴보는 것은 전기작가의 몫이다. 나의 전기가 실패할 위험은 내 일생을 추적하고, 사실에 근접하고, 사실보다 10%씩 과장되게 평가하고, 쓸데없는 지인들을 나와 관련지어 부각시켜 해석하는 등의 관성과 서투름에 있다. 그건 내가 바라는 일이 아니외다. 내게 마음 대로 쓸만큼의 돈이 생길 이유가 없듯이 내가 바라는 전기를 입 속의 혀처럼 써 줄 전기작가는 없다. 만약이지만 내가 나의 전기를 썼을 때가 가장 최악이 된다. 내 시가 그런 역할을 대충 떠맡고 있으므로 나의 전기적 생애는 '별로 알려진 게 없음'으로 알려지기를 바란다. 대충 그렇게 되겠지만 말이다.

*

오늘은 나무들이 특히 바쁘다.

특별 근무 중이다. 매달고 있는 잎사귀 9할을 정리하겠다는 일념으로 부지런히 잎들을 바람에 날려보내는 중이다. 허공과 산길이 낙엽으로 덮여서 길이 숨막힌다. 이런 날은 소규모인 불암산도 깊은 맛을 낸다. 마른 잎들에 바람 섞이는 소리가 요란하지만 오늘이 지나면 다시 듣기 어려운 음악이다. 내일이면 늦으리. 어제도 아니었으리. 딱 지금 이 순간이다. 바위에 걸터앉아 바람과 잎들의 낮은 중얼거림을 듣는다. 어떤 그윽함이 가슴을 건너간다. 언어가 닿지 않는 순간이다. 표현이 더 불편한 순간이다. 시는 무슨 시. 시 같은 소리. 건너편 도봉산과 북한산 머리 위에 짙은 구름 한 덩이가 떠 있다. 내일은 11월 혹은 십일 월.

..

2020년 11월 01일 일요일

..

어서 오시게. 11월.

열두 달 중 유일하게 꽉 찬 달이다.

그리고 잡념이 없는 달이기도 하다. 내가 11월을 경애하는 이유다. 11월 첫날에 비가 내린다. 자연의 연출이 환상이다. 근린공원과 불암산 단풍이 비에 젖으면서도 제 색을 놓치지 않으려고 애쓴다. 빗소리듣기모임은 자동적으로 소집된다. 준회원 1명 참석이다. 이심정 시인은 쌍문동에서 빗소리에 참석한다고 문자가 왔다.

글쓰기는 문자에 의존한다.

문자로 자신의 생각을 업로드하는 부류가 문필인이다. 문인은 문자를 의심하면서 문자에 의지한다. 의처증과 유사하다. 정확한 표현이라는 표현은 의심스럽다. 문자가 어떻게 정확할 수 있는가. 문자기호는 나무에 붙어있는 매미의 허물 같은 게 아닐까. 껍데기는 있지만 알맹이는 어디론가 날아가 버린 게 문자의 실상이다. 문자는 어디까지나 환상이자 환영이다. 픽션이다. 파스칼 키냐르에서 읽은 문장이 생각난다.

'언어는 늘 기이한 불가능성이다. 언어에서 기표와 기의는 긴밀한 관계성을 갖는 듯 보이지만, 그 양립적 관계성은 대단히 자의적이고 임의적이며 헐거운 것이다. 기표와 기의처럼 대립적인 것에 남녀 양성이 있는데, 남녀는 반대 항처럼 그렇게 양립되어 있다가도 섬광과도 같은 매혹으로 서로 들어맞아 끼워진다. 성교한다. 바로 이런 장면만큼이나 완전 합체를 언어는 이루지 못한다고 키냐르는 보고 있다.'

＿파스칼 키냐르의 말, 마음산책

빌어먹을 여자! 헐렁한 주제에! 부코스키다. 헐거운 문자로 표현할 수밖에 없는 신세는 가련하다. 언어로 표현하면서 남아도는 헐거운 구멍만이 시인의 것인지도 모른다. 정확한 표현에 대한 열망은 생래적 상처이거나 노스탤지어일 것이다.

시인은 그 거리를 떠도는 노숙자다. 자기(만의) 언어? 그런 건 없다. 대충 쓰자.

*

빗소리듣기모임 회원이 몇 명이냐고 묻는 이들이 있다.

더러 가입의사를 밝히는 사람도 없지 않다. 나야 준회원 자격이기에 여기에 대답해줄 내용은 별로 없다. 여담삼아 엉성하게 자격 기준 같은 것을 꾸며 본다. 여담을 진담으로 받아적는 해프닝은 없어야 한다. 우선 가입을 희망하는 분들의 정보가 검토된다. 정보는 거의 100% 그가 열어놓은 sns 계정을 통해서 얻는다. 이거 먹었다, 여기 갔다 왔다, 이 사람 만났다, 징징거림 등의 계정들은 가입이 유보되기 쉽다. 다음으로는 그가 인쇄한 책이 검토된다. 책의 내용이 아니라 저자 약력과 시인의 말 같은 작가의 말을 읽어본다. 약력은 되도록 미니멀 할 것. 초등학교 개근상 수상 기록이나 청소년 선도위원 같은 경력을 약력에서 누락시키지 못한 경우, 출생연도가 없이 출생한 경우, 학부를 건너뛰고 바로 대학원을 졸업한 경우, 예술원 회원, 협회 소속원 등은 재심 대상으로 분류된다. 시인의 말 같은 경우는 '없는' 경우가 갑이다.

　문인이 아닌 일반인(!)의 경우는 인문학 도서 열 권 정도의 목록을 원금으로 구성할 수 있으면 된다(읽지 않은 책도 포함). 이 엉터리 관문을 통과하는 시인은 어림잡아 대략 총 시인 인구의 9%를 밑돌 것이다. 근거 없는 추산이다. 그러나 이 문장을 읽고 있는 당신은 이 문장을 접했다는 이유만으로 준회원 자격을 얻을 수 있다. 빗소리듣기모임의 제안자이자 영원한 준회원인 내가 보장하겠다.

..

2020년 11월 03일 화요일

..

　아버지 비대면 면회 가는 강릉길에 원주에 잠깐 들렀다. 세상의 단풍이 여기에 다 모였다. 바람이 불려다니는 낙엽이 눈앞을 다 가려버린다. 오랜만에 17층 승강기에 오르니 아파트는 내 집 같고 남의 집 같다. 아직 이사하지 못하고 남은 내가 거기 서 있다. 어이, 여전하지? 그렇게 말하고 나는 아파트 문을 연다. 구식 라디오는 음악을 흘려놓고 책들은 각자의 침묵에 골몰하는 중이다. 중앙고속도로 너머 제천 쪽을 내다본다. 몸에 붙은 의례다. 습은 참 무섭고 더럽다. 습. 연습, 학습, 습득.

　아버지는 플라스틱 투명 유리 너머에서 휠체어에 앉아 나

를 맞으셨다. 얼굴은 여전하게 보였지만 여전한 것은 아니었
다. 눈자위 쪽에 살이 더 빠졌고, 눈길은 나를 알아본다는
기미가 없다. 식물처럼 앉아있을 뿐이다. 요양원 직원이 '어
르신' 하고 부르면서 어깨를 흔들면 잠시 시선을 고정시키지
만 시선은 금세 다른 데로 돌아간다. 손도 잡을 수 없는 면회
는 그렇게 끝났다. 철학도 종교도 시 한 줄도 이 장면을 설명
하지 못한다. 다만 개념할 뿐이다.

*

호스피스 병동에/희망의 말을 적어두고 왔다//지금이
마지막일 수도 있다는 걸,/내 손을 놓지 않던 아버지의
숨이 그랬고/내 눈을 뚫어지게 바라보던 누군가의 심장
이 그랬다//삶은 담장을 넘는 달빛 같으리

이계열의 시집 『이쪽이 저쪽을 아는 마음』에서 꺼내 읽은
「봄비 2」의 앞 대목이다. 시인이 벌려놓은 시행의 여백이 느
닷없는 구덩이 같고 사천 앞바다 지평선 너머 같이 시원(始
原)하다. 만지면 지문이 묻어날 것 같은 시를 읽었다. 시집 주

인과 오죽헌 앞에서 커피를 마셨다. 바닷바람 섞인 엘살바도르. 이것도 강릉맛의 일부인가. 늦가을 해지는 무렵.

*

나의 전생은 타자기
나의 전생은 흰구름
나의 전생은 집 나온 노인
나의 전생은 연착한 밤전철
나의 전생은 배신자
나의 전생은 3등열차의 기적
나의 전생은 퇴직 교수
나의 전생은 떨거지, 사기꾼, 밀엽꾼
나의 전생은 불암산 눈보라
나의 전생은 농담, 군소리, 오작동, 비표준, 잠꼬대,
날마다 *꼬꼬댁 꼬꼬*

여기까지 쓰고 단락과 음계를 바꾸어 쓴다
나의 전생은 종이컵, 이쑤시개, 틀니, 무지개, 극좌파, 몽당

연필, 이중 간첩, 먹튀,

또, 한 줄 바꾼다
슬픔, 깨어진 창문, 오다가 그친 비, 울고 있는 외계 귀신
나의 전생은 아침마다 찾아오는 편두통,
나의 전생은 떨어진 구두 뒷굽
싱싱한 악플 한 줄마저 나의 전생이었음

*

11월 2일에 강세환 시인과 전철 두 번 갈아타고 금천구에
갔다. 시집 편집에 관한 의견교환을 하는 자리다. 내가 11번
이고 강시인은 12번을 배정받았다. 순번은 제비뽑기였다. 1번
에서 10번까지는 비워두기로 했다. 더 나은 시인들을 위해서
비워두는 결번이다. 차례, 시인의 말, 표사, 해설은 배제하고
100부만 인쇄하자는 의견을 냈는데 좌중은 들은 체도 하지
않았다. 들은 체 하지 하지 않는 사람들 앞에서 중얼거리는
게 시다. 나는 그렇게 생각함. 누가 시를 잘 이해했다고 말하
는 순간 그것은 시가 아니기 쉽다.

메모 ✐

김시인, 이시인이라 호칭하면 시인이 무슨 직급만 같다. 김부장, 이팀장에 준하는. 한 세계에 다다른 시인은 그렇게 부르면 안 된다고 본다. 시인 김종삼, 시인 황동규처럼 불러야 온당하다. 나는 박시인으로 불려야 한다. 진급을 기다리는 만년 대리같은.

2020년 11월 10일 화요일

제주도 여행을 다녀왔다.

함덕, 안덕, 협재, 애월과 같은 바닷가를 다녔고, 새별오름에서 억새구경도 했다. 마라도에 건너갔다 온 것도 쓴다. 모슬포 옆에 있는 운진항에서 배로 30분 정도 걸렸는데 멀미하는 사람도 있었다. 섬을 한 바퀴 돌았고, 짜장면도 사먹었다. 서부영화에서 본 마을같았는데 민박 몇 집 빼면 다 짜장면집이다. 비행기 타고 배 타고 짜장면 먹으러 왔다고 생각하면 우습다. 폐교 중인 가파초등학교 마라분교장 앞에서 사진을 찍었다. 분교장은 퇴직하고 마을에서 짜장면을 개업했을 것 같다. 그런 상상이 내겐 안심이 된다. 선착장 부근 옹색한 탈것에 앉아서 오징어와 쥐포를 구워 파는 중노인에게 마라도 인구를 물었다. 그는 마라도 인구는 80명을 넘지 않는다고 힘주어 말했다. 검색에서는 120명이라 뜬다. 아직도 인터넷을 믿으십니까? 중노인의 말이 그날의 화두처럼 맴돈다. 인터넷을 부정하는 마라도의 한 점 외로운 인간에게 바다신의 가호 있기를.

*

이번 시집은 『나는 가끔 혼자 웃는다』로 정했다.

제목에 이렇다할 기교는 섞이지 않았다. 제목은 첫시집 『꿈꾸지 않는 자의 행복』과 비슷한 결이다. 제목에 대해서 내가 더 말할 게 없다. 세 권 분량의 재고가 남아 있다. 내가 너무 많이 썼나. 너무 흔하게 썼나. 너무 값싸게 썼나. 여러 생각이 여러 번 겹으로 나를 두드린다. 괜찮은 시만 골라내고 나머지는 버린다? 그게 시인다운 발상이다. 그런데 괜찮은 시는 뭐냐는 거지. 괜찮다고 일컬어지는 비평적 합의보다 괜찮은 시 옆에서 덜 괜찮은 시로 곁눈질 당하는 시가 더 괜찮은 시가 아니라고 누가 말하겠는가. 내가 내 작업을 옹호하고 있군. 그건 맞지만 나의 속좁은 생각이 다른 시인들에

게도 동의를 얻었으면 좋겠다. 좋은 시를 쓰겠다는 일념. 그
것은 환상이다. 환상이 정지하는 곳에 좋은 시가 있을 것이
다. 환상은 무엇을 가리고 있는 커튼이고 커튼 뒤에는 아무
것도 없다. 시는 언어라는 환상, 생각이라는 환상, 이미지라
는 환상, 은유라는 커튼을 만드는 작업이다. 그 이상은 없다.
마라도의 외로운 오징어 장수가 생각난다. 아직도 시를 믿으
시오?

달나라에 물이 있다는

미 항공우주국 발표에 약간 설렘.

이유는 모르겠음.

제주행 비행기에 앉아서 마라도엔

뭐가 있을까 머리 굴려본다.

뭐가 있거나 말거나.

평생 시만 썼는데 보람이 없다는 잡생각.

어쩌라구.

문제는 시만의 만이라는 조사겠지.

시가 그렇게 만만한가.

보람없음 이상의 보람은 없음. 땅. 땅.

인생 뭐 없지만 뭐 있는 것처럼

살 줄 알 듯이 시 쓰는 일

헛일인 줄 너무나 알면서

나는 쓴다.

메모 ✏️

시인은 진짜와 가짜의 두 부류로 나뉜다고 한다. 진짜 시인은 어느 시점에서 자신의
보잘것없는 시들을 파기하고 아프리카로 무기를 팔러 가는 사람이며, 가짜 시인은 졸
작을 출간하고 죽을 때까지 계속 시를 쓰는 사람이다(움베르토 에코).

..

2020년 11월 11일 수요일

..

지젝은 펜데믹 기간에 미친 듯이 일해서 두 권의 책을 마무리했다고 한다. 나도 두 권을 출판했으니 지젝과는 비기는 게임이다. 농담이다. 농담은 탈문법이다. 책을 쓴다는 것은 열정이고, 손가락의 힘이고, 광기의 표현이기도 하다. 타자의 생각이 내 안에서 반복되는 것을 거절하고 밀어내는 순간이다. 쓰고 있는 순간에 만나는 공백 혹은 간극은 낯선 들녘이다. 끝까지 쓴다는 것은 문학에 대한 열정만으로 설명되는 것은 아니다. 타자를 설명하는 것이 아니라 끝까지 타자의 생각으로부터 도망치는 일이 바로 쓰는 일이다. 쓰고 또 쓰는 반복. 나만의 것을 반복하는 일. 문단이라는 생태계 밖에서 고독을 유지하는 일은 기득권적인 세계와 다른 길을 가는 것이다. 잘못 쓴 시, 비문법적인 시, 형상성과 구성력이 없는 소설, 투박한 시, 문학으로부터 세례받지 못한 문학. 잘 쓰려고 애 쓴 문학은 수상하다. 가르치고 가르쳐진 문학은 더그렇다. 타자의 공감과 감동 속에 놓인 문학은 비윤리적일공산이 높다. 의심하고 질문하고 답을 모르는 문학만이 윤리적이다. 시가, 소설이 순식간에 고리타분해지는 것은 문학의 비윤리적 태도 때문이다. 무엇이 시인가는 시인의 끝나지않을 질문이다.

*

가을은 역시 11월이다.

떨어지며 동시에 가지에 매달려 있는 잎들이 자신을 지우는 풍경. 골목마다 쌓여서 정처없이 휘날린다. 만추의 의미론적 실재다. 그래서인가. 요즘은 시를 읽는 일도 쓰는 일도시들하다. 어떤 시는 나와 관계없고, 어떤 시는 잘 썼지만 그것뿐이다. 시는 두 가지 뿐인지도 모른다. 익숙한 시와 낯선시. 익숙한 시는 아주 익숙한 문법을 통해 독자를 안심시키면서 갱신시키는 힘이 있다. 낯선 시는 그야말로 낯설 뿐이다. 익숙한 이데올로기, 고정관념, 편견을 확실하게 뒤집어놓는다. 낯선 시는 그 자체로 혁명이다. 낯선 시는 익숙한 시의 평균적 사색을 공격하는 시다. 공격하는 척 하는 시가 아니라 문자 그대로 익숙함을 격파하는 시가 진짜 낯선 시다. 너무 시같은 시가 많다. 무늬만 낯선 시도 많다. 언어에 무거운 짐을 실은 시가 많다. 알고 보면 언어는 짐 싣는 수레가 아니다. 동어반복적으로 말하자면 의미에 기울어진 시는 마치 북한군 장교의 가슴팍에 줄줄이 매달린 훈장같다. 대개 자기 가슴의 훈장 무게에 짓눌린 표정이 아니던가. 그 인민군의 표정을 기억하자. 언어는 자폐적이다. 자족적이다. 시인이 새로운 의미를 발명한다는 말은 웃길 뿐이다. "소설을 쓰는 철학자들은 자신들의 사상을 밝히기 위해서 소설이라는 형식을 이용하는 가짜 소설가들일 뿐이랍니다. 볼테르도 카뮈도 '소설만이 발견할 수 있는 어떤 것'을 발견한 적이 없습니다." 밀란 쿤데라의 말이다. '시만이 발견할 수 있는 어떤 것'은 무엇인가. 한국시문학사는 쿤데라적 질문과 의심에 응답한 적이 있었던가. 글쎄다.

　

　김소월의 「진달래꽃」은 전형적인 징징거림이 아닌가.

김수영의 「어느날 고궁을 나오면서」는 또 얼마나 절절한 징징거림이냐. 한국 근현대시 8할이 징징거림이다. 무얼 발견한 척, 옳은 척, 누굴 위로하는 척, 정직한 척, 진지한 척, 분노하는 척 하는 것은 다 시를 통해 징징거리는 일이다. 이런 것은 시만이 발견할 수 있는 어떤 것은 아니다. 그런 일은 다른 영역이 더 잘 담당할 수 있다. 예컨대 정치나 종교나 sns가 적임이다. 시인이 많다고 하지만 징징대는 시인을 빼고 나면 시인은 오히려 너무 적다. 이 글도 지금 (진지하게) 징징거리는 중.

*

요즘처럼 문학하기 좋은 시절은 없다.
'기대없이' 쓰는 일에만 집중할 수 있어서다.

*

한때는, 그게 언젠지 기억은 지워졌지만, 내가 쓴 시 내가 읽는다는 속셈으로 시를 쓴 적도 있다. 옳은 말이기도 하고 썩 옳아보이지 않기도 한 말이다. 묵은 앨범 들춰보듯이 홀로 내 시를 읽는 맛도 있으려나. 남들 앞에서 자기 시를 줄줄 읽는 것보다는 좀 덜 쑥스러우려나. 이제 그런 기대는 접는다. 시는 읽기 위해 쓰는 작업이 아니라 쓰기 위해 쓰는 작업이다. 쓰는 순간만으로 시는 충족된다. 시의 소임도 쓰는 자의 소임도 거기까지다. 100편을 썼다면 100번의 절정을 통과한 셈이다. 시에서 바랄 게 더 없다. 쓰여진 시는 내 손을 떠나면서 어디론가 사라진다. 아니 없어진다. 소멸된다. 독자의 손으로 넘어간다는 추측은 일반론의 함정이다. 내 시는 공중으로, 우주 속으로 기화(氣化)될 것이다. 두 손으로 내 시를 받아 정성스레 읽어줄 독자를 기다리지 않는 밤.

*

불암산 입구에 공중전화 있다.
전화 거는 사람은 없다.
있다와 없다 사이로 내가 걸어가면
초가을 바람이 팔랑거린다.
내가 가끔 전화 걸던 장소다.
지금은 걸 데가 없다.

지난 밤에는 꿈을 한 편 꿨다. 누구와 어디를 가는 꿈이었다. 눈을 떴을 때까지는 기억이 또렷했는데 일어나서 몇 걸음 걷고 책상에 앉으니 꿈은 간데온데 없다. 그래서 꿈인가. 해석되지 않는 꿈. 해석하고 싶지 않은 꿈. 해석이 거세된 꿈. 꿈. 꿈.

메모 ✐

너는 이제 거의 시인처럼 보인다(황인찬).

..

2020년 11월 12일 목요일

..

이심정 시인에게서 문자가 왔다.

오랜만이다. 그는 꼭 문자를 한다. 카톡을 쓰지 않는다.

그 차이는 모른다. 내가 왜 카톡을 보내지 않느냐고 물으면 "카톡은 모두 공개되는 것 같아서요." 라고 말한다. "그렇지 않을 거예요." 내가 그렇게 말하자 그는 "그건 내 맘이에요." 라고 말했다. 그의 표정은 늘 농담과 진담 중간 쯤 된다. "오랜만이오." 라고 말하자 "오늘 비 예보가 있으니 수유리 쯤에서 보자."고 말했다. 그래서 오늘 수유리에 간다. 갈 것이다. 가야한다. 그러고보니 나도 카톡을 사용하지 않는다. 꼰대라는 뜻이다. 카톡 쓰면 꼰대가 아닌가. 그러네. 꼰대로부터 도망치는 상꼰대겠지. 도망친 여자. 도망친 시인. 도망친

꼰대. 도망친 대통령. 도망친 스님. 도망친 지인 열 명은 더 꼽을 수 있다. 자취없는 그들을 열렬히 수배한다. 더 멀리 도망쳐 꼭꼭 숨어다오.

*

어제부터 미세먼지 소식이다.

미세라는 말은 어딘가 인문학적이다.

인간은 예외없이 치매에 걸린다고 한다. 100%. 치매는 20대부터 진행된다고 뇌과학자는 주장한다. 시 쓰는 일은 치매를 늦추는데 도움이 될 것인가. 되기도 하고 되지 않기도 하겠지. 무슨 상관인가. 잘 늙는다는 말을 나는 이해하지 못한다. 동의하지도 않는다. 격하게 말해서, 잘 늙으려면 태어나자마자 죽는 길밖에 없다.

또 하루 시작이다. 모르는 하루다.

그런데 또 라고 말한 건 새날에게 미안한 노릇이다. 삶은 모르고 살다 돌려주는 무엇이다. 날마다 그 무엇에 각주 다는 일은 촌스럽다. 모를 뿐, 그냥 모를 뿐. 질문에서 답을 제외한 것이 문학이라고 말한 사람은 롤랑 바르트다. 한 술 더 뜨자면 질문을 지워버린 것이 문학인지도 모른다. 정답과 오답이 사이좋게 껴안고 둥둥 떠다니는 하루.

*

'생각을 말로 그럴듯하게 꾸미는 일이 싱거워진다'는 시행은 황동규의 17번째 시집 『오늘 하루만이라도』 72쪽에 실린 「침묵 앞을 지나가기만 해도」의 2연 3행에 있다. 이 문장은 시인 황동규가 도달한 시의 극점이 아닐까 싶다. 극점이 아니라면 어떤 설명을 보탤 것인가. 나는 그런 생각을 하게 된다. 나도 저런 말은 할 수 있다. 한번 해 보자. 생각을 말로 그럴듯하게 꾸미는 일이 (점점) 싱거워진다. 발음은 되지만 황선생만한 소구력은 없다. 택도 없다 (턱도 없다가 표준). 열일곱 권의 시집을 낸 후에나 제값을 할 수 있는 문장이다. 나는 지금 '그럴 듯하게 꾸미는 일'을 시늉하고 있다. 마치 시인처럼.

..

2020년 11월 14일 토요일

..

갈치조림을 먹으며 가파도 청보리 막걸리를 마시던 생각
난다. 함덕의 펜션에서 마신 모닝커피도 생각난다. 펜션 지
붕에 올려놓은 자전거도 생각난다. 하늘을 배경으로 설치된
두 대의 자전거는 예술이었다. 그걸 쳐다보고 있던 나도 예
술의 일부다. 함덕의 하늘에 떠있던 새들도 예술이다. 펜션
허공에서 밤 늦게까지 왱왱거리던 모기도 예술이다. 함덕에
작업실을 갖지 못한 시인도 예술이다. 잠 못 이루던 함덕의
밤은 예술이다.

*

낮에 사진관에 가서 아버지 영정사진을 맡겼다.

사진관 주인은 내가 가져간 사진이 자연스러워서 좋다고 말했다. 요양원 바깥 의자에 앉아서 아이스크림을 먹고 있는 스냅사진이다. 사진 밖으로 걸어나올 듯한 표정이다. 살아있음의 인증. 집까지 돌아오는 길이 멀었다.

'여기저기서 단풍잎같은 슬픈 가을이 뚝뚝 떨어진다' (윤동주)

*

마들시인모임이 만들어졌다.

보험설계사, 개인택시 기사, 요양보호사, 초등학교 교사, 나 이렇게 다섯 명이 모였다. 부정기적으로 모여서 차 한 잔 하는 정도의 우정을 나누자는데 합의했다. 모두 노원구에 살고 있어서 기동성 있게 만날 수 있다는 점이 좋다. 이들 중에 구체적으로 시를 쓰는 인물은 나밖에 없다. 내가 보기에 나를 제외한 네 명은 나름대로 성실한 독자들이다. 다들 현업을 가지고 있다. 초등학교 교사는 50대 중반 여자 사람이고, 한국문학 관련 박사학위 소지자다. 회원을 더 들일지는 미정이다. 지금은 헐겁게 모여서 댓글 달 듯이 아무렇게나 떠들게 될 것이다. 각자 나름의 인생력과 독자적인 세계관이 뚜렷해서 재미있을 것이다. 한동안 이런 흥분으로 지낼 듯. 이심정 시인은 가외로 참가하기로 했다. 로빈 켈리의 『셀로니어스 멍크: 한 미국 기인의 삶과 시대 Thelonious Monk: The Life & Times of An American Original』(2009)를 1년 동안 읽자는 제안이 있었다. 번역이 안 된 것 같아서 아쉽다. 공식적인 약칭 마시협.

*

신춘문예 계절이다.

신문에 신춘 공고가 뜨고, 문청들은 투고를 하고, 예심과 본심이 이루어지고, 당선자가 발표된다. 누구는 시인이 되고 소설가가 되면서 약력에 등단이라 쓴다. 한국문학의 흔들리지 않는 관행이다. 신춘문예는 한국문학의 판을 만드는 거

푸집이 되고 있다. 고만고만한 심사위원들이 고만고만한 안목으로 꼭 고만고만한 문인들을 문학계에 흘려보낸다. 놀라운 신인이라는 호들갑을 떨면서. 심사자들은 입으로는 참신성을 떠들면서 구태의연한 자리에 앉아서 상투적인 문청에게 문인의 메달을 걸어준다. 한국문학의 상호표절은 이렇게 지속된다. 말하자면, 표절은 시어나 한 두 구절 시행을 복사하는 수준이 아니라 그 보다 훨씬 음험하고 불행한 지점을 가리킨다. 부풀려서 말하면 우리는 소월과 미당과 이상과 김춘수와 김수영의 범주에서 얼마나 달아났을까. 아직 그 열기 내부에서 지지고볶는 것은 아닌지 모르겠다. 이런 순간에야 나는 말한다. 신춘문예는 촌스럽고 낡은 습관이다. 갑자기 내가 급좌파가 된 듯.

메모 ✐

나는 나의 짐이다(김현승).

?

시민모임 '맑고 향기롭게'의 소식지 11월호를 읽는다.

'맑고 향기롭게'는 법정 스님이 제안하여 발기된 모임이고, 성북동 길상사는 이 모임을 후원하기 위해 역시 스님이 창건한 절이다. 그건 그렇고. 권두에 실린 스님의 에세이 '아직 끝나지 않은 출가'는 제목이 나를 끌어당긴다. 제목만 읽고도 나의 어딘가가 건드려진다. 에세이 후반부는 손 닿지 않는 여백을 남긴다. 스님의 책 『버리고 떠나기』에서 발췌한 글이다.

철학자 한 분이 불일암 후박나무 아래서 스님에게 묻는다.

"스님이 혼자서 이런 산중에 사는 것이 사회적으로 어떤 의미가 있습니까?"

스님은 미소를 지으면서 대답했다.

"내가 산중에서 사는 일이 사회적으로 어떤 의미를 지니는지 아직까지 한 번도 생각해본 적이 없습니다. 나는 어떤 틀에도 갇힘이 없이 그저 내 식대로 살고 싶을 뿐입니다. 그런데 이따금 지나가는 사람들이 내가 사는 모습을 보고 좋아하는 걸 보면 이렇게 살아도 괜찮은 모양이구나 하는 생각을 하게 됩니다."

*

나는 다른 장면을 살고 있다.

배역도 바뀌었다. 지나가지 않아도 서사에 아무런 푼크툼
이 생기지 않는 행인 역을 살고 있다. 지인들은 이제 모르는
사람이다. 몰라도 상관없어졌다. 모르는 것이 불편하지 않다.
모르는 것이 편해졌다. 다른 장면에서는 세계관도 대사도 달
라진다. 나의 지금이 그러하다는 말이다. 과장인가. 약간만
그렇다. 과장은 문제를 선명하게 드러낸다. 이것은 나만의 장
면인가. 아마도 일반론일 것이다. 다른 이들도 이 낯선 장면
에 적응하며 산다. 가히 철학적인 순간이다. 생의 단계 중 어
떤 나이는 그렇다. 황동규 선생의 시같은 장면. '아는 것 모
르는 것 다 합쳐도 별 감동거리 없는 초여름 저녁/늦게까지
혼자 집에 남아 옛 음악이나 틀고 있을 때'(「베토벤 마지막
소나타의 트릴」)와 같은 장면이 상연된다. 아는 시 모르는
시 다 합쳐도 별 감동거리 없는 가을 저녁이 왔다. 우디 앨런
은 그가 자신의 작품 속에 영원히 살아 있을 거라는 말을 들

자 자기는 그보다는 차라리 자신의 아파트에서 영원히 살고 싶다고 익살을 부렸다. 나는 문학사가 아니라 인터넷 구석에 남고 싶다. 인터넷은 영원할 것이므로. 내가 설정하는 생뚱스런 장면이다.

*

잠 못 들던 함덕의 밤
흐린 구름 지나가고 바람 불었다
사분음표처럼 떨어지던 빗방울은
내것이 아니었다
아무도 모르는 마음을 아무도 모르게
팬션 돌담 사이로 밀어넣었다
그밤 은밀했던 빗소리듣기모임에 모였던
새, 바람, 구름, 돌담, 파도 들은
모두 함덕 토박이 준회원들이었다

..

2020년 11월 15일 일요일

..

다이소에서 내 시집을 사들고 나오는데 늙은 남자가 다가와 사인을 부탁했다. 나는 저자 사인을 하지 않는다고 말했더니 그는 약간 빈정거리는 표정을 지으면서 물러갔다. 역시 꿈이다. 별 개꿈을 다 꾼다. 굳이 사인을 요구하는 사람이 있다. 그렇다고 사인이라고만 써 줄 수도 없어서 진땀을 흘린다. 이거 뭐하는 짓인가 싶은 건 나만의 생각이다. 사인을 하기 위해 책을 낸다는 말도 틀리지 않는다. 내 시쓰기는 '열광하는 독자 한 명 없는' 자발적인 무급노동이다. 내게 사인을 바라지 마라. 어떤 밤 또 한 편의 부조리극같은 개꿈을 꾸어도 그것은 나와는 무관한 드라마다. 가령, 길거리에 나앉아서 지나가는 아무에게나 시집 사인을 해주는 장면. 이 대목을 읽으면서 순간적이나마 심각한 표정을 짓는다면 당신은 나의 독자는 아니다.

*

요즘은 시를 쓰지 않고 있다.

어쩌다 한 두 편씩 써보지만 그것은 손풀기다.

그냥 둔다. 이런 말을 하면 안되지만 내 안에 있던 약간의 시적 자산은 탕진되었다. 소진되었다. 소진이라는 말을 함부로 써서는 안 되는 줄 알지만 정확한 말이 생각나지 않아서 임시로 쓴다. 다른 말이 생각나면 수정할 것이다. 시라는 걸 쓰다보면 어느 순간은 헛바퀴를 돈다는 생각이 든다. 썼던 것 다시 쓰고, 했던 말 다시 하고 있다는 자각이 그것이다. 자기 복제, 자기 표절이다. 그런 줄 알면서 미련스럽게 나는 쓰고 있는데 그것을 나는 겹쳐쓰기라고 명명한다. 이것을 나는 내 시를 처음 접하는 독자를 위한 가이드라고 생각한다. 앞의 시집을 읽는 수고를 덜어주는 서비스이기도 하다. 내 시를 다 읽은 독자는 다소 껄끄로울 터이다. 이 친구 맨날 그 소리야. 그러나 나는 언제나, 아직 처음 시를 발표하는 신인일 뿐이다. 무슨 대단한 포부나 신념의 표상은 아니다. 어제 썼던 시를 오늘 똑같은 심정으로 다시 쓸 도리는 없다. 그런 점에서 나는 늘 새로운 시를 쓸 뿐이다. 요즘 시를 쓰지 않고 있는 나를 나는 너그롭게 바라본다. 시쓰던 손이 다 풀어지기를. 내 방식의 시쓰던 길을 다 잊어버리기를. 그러던 어느 날 시(라고 생각하는 시) 한 편을 써놓고 지인에게 물어야겠다. 이거 시가 맞나요? 이렇게 써도 용납될까요?

..

2020년 11월 16일 월요일

..

출판사에서 시집 가제본을 검토했다.

시집은 우리가 기대하고 요구했던 수준의 모습을 거의 갖추었다. 가면서 오면서 그러나 그 긴 시간 동안을 나는 뉘우쳐 생각한다. 내가 지금 시집을 낼 때인가? 그런 상념은 나를 몹시 괴롭힌다. 이 무상(無常/無償)한 작업의 미망에서 왜 나는 아직 달아나지 못하고 있느냐는 것. 저녁 먹는 자리에서 강세환 시인은 내게 기습적으로 극좌파냐고 물어왔다. 농담할 줄 모르는 그가 내게 건넨 최고의 농담이다. 그는 스스로 좌파다. 리얼리스트다. 나는 급좌파라고 대답했다. 훗날 누군가 내 시집을 읽는 이가 있어도 오늘 금천구청 역까지 왕복하는 내 상념의 적적한 왕복감은 읽어내지 못할 것이다. 그런 당신은 그게 누구든 간에 나의 독자는 아니다. 서로 인연이 아닌가 봅니다. 손없는 날 다시 뵙겠습니다. 늘 건강하세요.

*

시집 교정지 앞에 앉으면 뚜렷했던 언어도 막연해진다. 모든 시어들이 수상스러워 보인다. 나라면 쓰지 않았을 문장도 보인다. 전에는 그냥 넘어갔던 문제들이 인쇄 직전의 수정 과정에서 그 실체를 확실하게 드러낸다. 데스크 탑에서는 자연스럽다고 넘어간 문장이 출판사 데스크를 거친 교정지 위에서는 야릇해지고 있다. 눈을 반쯤 감고 지나갈 수도 있는데 그게 되지 않아서 끙끙댄다. 이건 뭘까? 말 하나 고르느라 고개를 수그리고 앉아서 시간을 보내고 있는 이 정체는 무엇일까? 세계와의 대결도 아니고 한갓 수사학적 번잡을 넘지 못하는 이 고민을 나는 고심하고 있다. 시를 고치면서 대체 불가한 시어와 문장이 있다는 것에 동의하지 않는다. 단 하나의 단어에 꽂히기보다는 여러 단어를 한 자리에 모아쓰고 싶은 욕망이 발생한다. 언어적 자기 분열현상이라고나 할까. 원고를 수정하면서 정작 수정되는 것은 필자인 나다. 나도 모르는 어떤 구석이 조여지거나 균열을 일으킨다. 그 틈에 손가락을 넣어보는 아픔이랄까 쾌감이랄까. 초고를 쓸 때 만날 수 없는 낯선 이 감정도 시쓰기의 뒷면이다.

2020년 11월 17일 화요일

근거없는 슬픔도 몸에 집어넣고 녹이기 좋은 날이다.

11월의 화요일. 갈 데가 없고 만날 사람이 없다는 객관적 사실도 찬연해지는 가을날이다. 왜 느닷없이 객관적이라는 비객관적인 단어를 선택했을까. 쓸데없는 쓸데다. 비올 듯 흐렸다. 고쳐 쓴다. 중국발 미세먼지다. 고등어 굽는 연기일지도 모른다. 골목길에서 피우는 젊은이의 전자담배 연기일 수도 있다. 노숙자의 하염없는 입김일 수도 있다. 걷기 좋은 날이다. 걷지 않아도 좋은 날은 좋은 날이겠지.

*

상계역 앞 카페에서 강세환과 커피 흡입하고 헤어지기 아쉬워서 편의점에서 들고나온 캔맥을 마셨다. 어둑어둑해진 공원에서 몇 차례 더 편의점 맥주를 날라왔다. 강은 마지막까지 시를 쓴 시인들에 대해 열변했다. 황동규 선생의 최근 시집이 선례로 입에 오르내렸다. 한국문단은 여러 형태의 파형이 있다. 월북, 납북, 요절 등등. 녹취없이 벌어진 공원의 날 토론은 즐겁고 무책임했다. 청중이 없었기에 위험한 막말도 거르지 않았다. 그 말이 꼭 맞다고 할 수는 없어도 그렇게 말할 수 밖에 없는 각자의 사정은 있다. 어차피 우리는 모두 제3자의 삶을 살아간다. 내가 내 생각을 내 멋대로 털어내는 것도 소화작용이다. 인격이나 공정성의 위선에 가려져서 할 말을 감추는 건 옳지 않다. 우산 쓴 사람이 지나가는 가을밤 쌈지공원에서 벌어진 비정규 동네문학토론은 열기 속에 끝났다. 강시인도 끝까지 자판에서 손을 떼지 말기를. 그러나 자기 시의 주류가 되시기를 바람. 급히 헤어지느라 그 말을 못했군. 다음엔 잊어버리겠지.

*

페이스북 동지 여러분!

아무도 응답이 없군

트위터에서 페북 동지를 찾으니

응답이 있을 리 없다

확장성 없는 나의 삶이라니!

거시기 해도 그냥 살자

뭐가 있는 척

부스러기라도 있는 척

그게 시인의 태도가 맞을 거다

쓰다 만 시다. 생각도 여기에서 멈추었다.

너무 익숙하지 않은가. 무엇보다 나 자신에게 익숙하다. 갔던 길 갈 때처럼 망설임 없이 간다. 알어. 나 이 길 여러 번 가봤어. 망하는 길은 익숙하다. 정답이 있다고 생각하는 길. 정답을 만든다고 하는 태도. 질문하는 척 정답을 제시하는 문학. 유사 질문. 의사 질문. 질문도 답도 상투적이다. 껍데기는 가라. 알맹이도 가라. 오래 된 상투성은 기성 문인의 '기성'에서 세련되게 발현된다. 그 의상은 피하자. 젊은 척. 새로운 척.

주류인 척. 앞서가는 척. 대가인 척. 그런 의상에 연연할 때

기성 문인으로 전락한다. 기성은 어떤 한자어로 써도 수상

하다. 내가 내 얘기를 열나게 하고 있군.

..

2020년 11월 18일 수요일

..

인공지능을 장착한 로봇 친구가 있다면 좋겠다.

시 좀 읽어봐. 어떤 시요? 아무거나.

1930년대 시로 읽을까요? 자네가 오늘 날씨에 맞는 시를 골라봐. 김소월 읽을까요? 그 사람 20년대잖아. 지금 오작동하고 있니? 죄송합니다. 비오는 날은 저도 띵하거든요. 김종삼이 좋겠어요. 그 사람 30년대는 아니잖아. 네. 그러나 주인님이 좋아하는 시인이니까요. 좋아한다고 맨날 김종삼만 읽겠니? 알겠습니다. 이승훈은 어때요? 이승훈이라. 한번 읽어보시게. 유고시집에서 한 편 읽겠습니다(인공지능이 시를 낭독한다). 음, 좋네. 고맙네. 역시 인공다워. 이 시는 마치 김정호 추모 앨범에서 송창식이 부른 '잊으리라'의 느낌이야. 심원한 느낌. 저 언덕 너머에서 이승의 정서를 삭제하고 뽀샵한 듯하군. 고맙군. 제가 누굽니까. 언제나 말씀만 하세요. 저는 스스로 진화하기 때문에 시를 선택하는 일은 물론이고 시를 평가하고 판단하는 일도 할 수 있거든요. 정말 그렇단 말인가? 그럼요. 시를 인간의 전유물로 생각하는 착오시대적 생각은 밥그릇 싸움이 되었습니다. 시를 쓸 수도 있단 말인가? 두 말 하면 입이 아프지요. 자네도 입이 있는가? 아무튼요. 인공이 쓴 시 한번 들어보자. 아까 읽어드린 시는 제가 이승훈 시인의 화법으로 지은 겁니다. 모르셨지요? 감쪽같군. 이승훈보다 더 이승훈 같았을 겁니다. 주인님 시도 한번 써 볼까요? 좋다. 이젠 내 대신 쓰시게. 고맙네. 이런 날이 올 줄 알았어. 파라다이스가 따로 없군. 나는 불암산 트래킹이나 하고 오겠네.

메모 ✎

타임지가 2020년에 읽지 않아도 될 책 100권에 내 시집을 선정했다면 나를 믿어주겠니? 난 그런 사람이다. 조용히 살고 싶다.

2020년 11월 19일 목요일

어제 하루 강수량이 11월 중 역대급이라고 기상청이 발표했다. 1916년 11월 7일 67.4mm를 104년 만에 넘어섰단다. 자고 일어나 인터넷에서 확인한 사후적인 사실이다. 밤에는 새벽에 깨어 창 열고 빗소리 들었다. 건너편 길거리에 은행잎이 수북하게 쏟아져서 비에 젖고 있다. 무소유는 저런 것이군. 철학적인 잣대 말고. 1916년 11월 7일에도 많은 비가 왔군. 매일신보가 춘원의 『무정』을 연재하기 직전 해다. 써놓고 보니 인과가 없는 얘기다. 104년 전 11월 초에도 많은 비가 왔다는 사실에 놀라고 있다. 그밤에도 누군가는 새벽에 깨어나 빗소리 들으며 마음 뒤숭숭했을 것이다. 그 사람에게 빗소리듣기 모임 명예회원 자격을 부여한다.

새벽녘에 깨어나 빗소리 들었다면

당신은 어디선가 만난 적 있는

나의 동지이기 쉽다

건승하시라 나의 동지

메모 ✐

*

밤새 잠 못 이루고 창밖에 봄비가 나리는 것을 바라본다. 봄비 소리를 들으며 잠 못 이루던 천여년 전의 최치원과 75년 전의 윤동주와 지금의 나 사이에는 무슨 차이가 있는가! 기억을 반추하며 자신의 처지를 되돌아보고 있다는 점에서는 동일하지 않은가? 호젓한 후회를 매만지며 아침을 맞는다.

*

월미도 앞 부두에 계류해 있는 저 배는 2주째 미동도 않고 있다. 출항에 대한 조바심을 드러내는 어떤 움직임도 없이, 대륙의 저쪽에 대한 기억은 까맣게 잊은 듯이 저렇게 미동도 않고 있다. 어떤 크나 큰 기다림을 속내에 감추고 있기에 한 가닥 밧줄도 내밀지 않을까? 저 침묵이 무서워지기 시작한다. 침묵 자체로 끝나면 안되는데, 안되는데 하면서.

*

오늘은 날씨가 좋아서 앞의 사진과 똑같은 풍경이지만 색깔이 다르다. 어쨌건 나는 잠시 후 이 풍경 앞을 떠난다. 그리고, 다시 돌아오지 않기를 바라지만 그렇게 안 될 것 같은 예감이 든다. 다시 이 풍경 앞으로 돌아오는 게 예정된 운명같은 느낌을 가지고 이 자리를 떠난다(홍정선 교수가 2020년 4월 17일 금요일 인하대병원 입원실에서 세미나 톡방에 올린 세 쪽의 메모. 문학평론가의 회한이 엷게 혹은 선명하게 박힌, 병실에서 찍은 월미도 풍경 두 컷은 생략한다).

..

2020년 11월 20일 금요일

..

기다리는 독자도 없는데 시집을 낸다는 건 또 무슨 뜻이지? 직업의식? 시인이 직업인가? 시인이라는 명함에 과도한 자의식을 위탁하면 해학이 된다. 우선 나 자신부터 그런 증상을 목도하게 된다. 나는 수요가 없는 무급 노무자다. 불만 없다. 어떤 삼십대 평론가는 자신을 독립 비평가라 명명했다. 시인이 잡지와 문단으로부터 독립해야 한다고 말했을 때 말같지 않은 소리라고 비웃던 문인도 있었다. 내 생각이 앞서 갔던가. 문학계니 문단이니 하는 말들과 무관한 글쓰기를 해야 한다는 게 내 생각이다. 문인이나 문단이나 다들 따분한 생각에 젖어 있다. 시집의 경우, 하나같이 시인의 말, 해설, 표사같은 장식물들을 달고 있다. 이런 사고 자체가 고리

타분한 관념의 산물이다. 그러나 이것은 고작 눈에 띄는 표시물에 불과하다. 그거야 그렇다쳐도 그와같은 출판산업의 비위를 맞추면서 알게 모르게 자신의 문학이 종속된다는 사실을 외면하는 게 문제라면 문제다. 독립 시인이라는 말을 하려는 것이다. 문단으로부터 떨어져 있다고 독립인 것은 아니다. 독립은 문단시장 속에 있으면서 그 잡답에 휘둘리지 않는 독자성을 유지하는 것이 바른 의미의 독립성이다.

*

당현천을 걸었다.

천변에 나타났던 꽃들이 하나둘씩 사라져간다.

11월이 제대로 몸을 만들어간다. 하늘은 그야말로 잔뜩 흐렸다. 밤에 진중권 교수 인터뷰를 찾아 읽었다. 집권당을 향해 그는 거침없는 말을 쏟아내고 있다. 시비에 대해서 나는 말을 아끼겠다. 단지 나는 대한민국은 좌파를 가져본 적이 없다는 나의 어줍잖은 생각을 재삼 강화한다. 그의 별호가 '모두까지 인형'이라고 들었다. 대의가 파당적으로 편곡되는 남한사회에서 비판은 많을수록 좋다. 진 교수의 긴 인터뷰

사이사이에 끼어있는 사적 내용이 나는 좋다. 강북 17평 아파트에서 고양이 루비와 산다, 자정에서 새벽 네 시까지 글을 쓴다, 거의 혼자 지낸다, 누나인 작곡가 진은숙이 독일에서 귀국한 것도 신문 보고 안다, 인터뷰 장소에 자전거 타고 나타난 것 등이다. 논객의 처지를 제하고 본다면 대체로 이것이 작가의 삶이 아니겠는가.

*

∃: 갈 때가 멀지 않았습니다.

∀: 어디로요?

∃: 왔던 곳이지요.

∀: 거긴 어딘데요?

∃: 멀지 않은 곳이랍니다.

*

1953년생 남자가 2020년에 컴퓨터 앞에서 자판을 두드리는 사실이 무슨 의미가 있을까. 질문을 바꾼다. 의미가 있기는 있을까. 다시 한번 기어를 변속하듯이 질문을 바꾼다. 의미가 있든 말든 그는 왜 그래야 하는 것인가. 이렇게 묻다가 나는 허공에서 헛발질을 하게 된다. 열심히 달아나지만 제자리에 붙잡혀 있던 꿈 속의 걸음이 떠오른다. 나는 지금 그렇다. 시는 여전히 옹알이거나 언어에 의탁한 자기 투척(投擲)이다. 영화를 보고 극장을 나왔는데도 영화가 계속 될 때의 그 느낌. 지금 나의 삶이 그러하다. 삶은 종료되었는데도 삶은 계속된다. 삶이라는 사회적 단위는 대충 보아서 환갑이 정년이다. 예순이 넘어서도 시를 쓴다는 것은 대단한 일이다. 아직도 쓰고 싶은 여지가 남아있다는 점에서 그렇고, 가봐야 다른 게 없는 줄 알면서도 모른 척 쓰고 있다는 차원에서도 그렇다. 이쯤에서 다시 말하자. 더 솔직하게 말하자. 나는 지금 당장 눈앞의 순간 때문에 시를 끄적이게 된다. 인문학적 궁상이다. 이건... 뭐지? 하는 생소한 순간들의 도래 때문에 또 자판을 괴롭히게 된다. 나는 이렇게 내 삶의 순간순간에 처박혀 왔다. 그게 나의 시였어. 어제의 포만감은 어제의 것이다. 오늘의 한 끼가 아쉽다. 누가 시를 '영혼의 끼니'라고 말했던가. 굶주린 영혼의 라면 한 끼!

메모 ✎

삶과 나는 안 어울려(오한기).
문학과 나도 안 어울린다. 잘 어울리면 죽음이겠지.

..

2020년 11월 21일 토요일

..

베를린 필에서 한국인으로 첫 정식 단원이 된 비올라 연주자 박경민(29) 군. 그가 국내 언론과 가진 인터뷰에서 남긴 말이 귀가 아니라 내 가슴에 얹혀서 야릇한 슬픔을 자극한다. 앞으로 무엇을 하고 싶으냐는 질문에 그는 다음과 같이 말했다. 안주하다가 내리막길을 만나는 게 제일 걱정이다. 정말 끔찍하다. 계속 배우고 싶다. 나는 젊은 비올리스트의 말을 곱씹고 있다. 그리고 조금 많이 슬프다. 미처 낙법을 익히지 못한 유도선수처럼. 오늘 아침은 그런 생각으로 미처 몰랐던 서글픔이 떼로 몰려왔다. 낙법이 없이 그냥 꽈당 넘어지는 거지. 그것도 낙법.

*

31세에 은퇴한 글렌 굴드가 가끔 떠오른다.

그는 대중적 연주회보다 완벽하게 몰입할 수 있는 스튜디오 녹음을 선호했다. 연주가로서는 모순적인 태도이기도 하다. 청중의 박수를 받으며 하는 연주와 홀로 집중하는 연주는 같을 수 없다. 연주가가 아니라 알 수는 없지만 현장의 피드백은 연주가의 에너지라고 본다. 그러나 음악과 자신을 분리하지 않고 집중했던 굴드의 기벽은 기벽이 아닐지도 모른다. 음악의 끝에 도달하고 싶은 열망, 그것이 굴드의 음악이 아니었을까. 몰입은 그러므로 아름답거나 무섭다.

메모 ✐
코로나 확진자 두 명이 병원을 나와 노원구 방면으로 향함.
현재 구청 공무원과 경찰이 추적하고 있는 중.
중대본(중앙재난안전대책본부) 문자다.

..

2020년 11월 22일 일요일

..

소설(小雪) 아침이다.

소설(小雪/小說)은 사건이고 사건이 된다.

각자의 스토리이거나 스토리텔링이거나.

*

가짜들은 도처에 깔려 있다.

시라고 다르겠는가. 저렴하고 품질 낮은 시를 쓰는 시인을 가짜라고 부르는 게 아니다. 명함에 시인이라 박고 다니는 시인을 가리키는 것도 아니다. 장황한 문학 외적 경력을 자랑하는 시인도 가짜라고 못박지는 않겠다. 시집을 이곳저곳에

뿌려대는 시인도 꼭 가짜라고는 하지 않겠다. 젠체하는 시인도 넘어가자. 무식한 시인도 통과다. 가짜는 생각보다 가까운 곳에 있다. 자신을 시인이라 생각하는 신경증적 증세에 붙잡혀 있는 시인들을 조심해야 한다. 시인이라는 자부심을 감추지 않는 시인들도 눈여겨 봐야 한다. 자기가 어떤 시를 쓰고 있는지 모르는 시인은 틀림없이 가짜다. 문학사적 시인에 묻어가는 시인들은 충분히 의심스럽다. 당대의 이러저러한 평판에 값한다고 떠들어지는 시들의 대부분도 그렇다. 시간이 지나도 싸구려 금박은 벗겨지지 않는다. 모든 시가 인터넷에서 반짝거린다. 시간이 지나가도 가짜는 밝혀지지 않는다. 모든 시가 진짜의 포즈를 취하고 있다. 진짜는 없고 가짜뿐이다. 가짜는 없고 진짜 뿐이다. 이 점이 시의 절묘한 슬픔이다. 시를 속이거나 시에 속는 근거. 지금 남 걱정 할 때가 아니다.

*

내 시집 돈 주고 사는 사람 있을까.

있다면 그분에겐 죄송하고 또 미안할 따름이다. 뭐 읽을거리도 없는 시들인데 돈을 주고 사다니. 내 시는 내 시집을 살 생각도 읽을 생각도 없이 요리조리 피해다니는 사람들을 위해 쓰여진다. 그들의 쓸쓸함 그들의 막막함 그들의 번지없는 번민과 소란스러움을 위한 향연이다. 닭좇던 개 지붕쳐다보기나 새됐다거나 강릉말로 허애졌다는 말들은 모두 내 시집 밖에서 살고 있는 당신들의 친족이다. 내 사전에만 살고 있는 허전함이다.

친구가 전해준 강릉말 '허애졌다'에 대한 용례 둘. 1) 교육감이 교육장 시켜준다길래 충성하고 아부 떨었는데 엉뚱한 사람이 되는 바람에 '그 사람 허애졌지.' 2) 어디서 상품권 준다길래 일찌감치 갔는데 벌써 다 떨어져서 허애졌다, 허애 멀개졌다.

*

아버지 소유의 자동차 명의 변경을 하러 시청에 갔다.

창구 앞은 한산하다. 민원인이 거의 없다. 지방도로 위를 달리는 완행버스 속 같다. 차량 등록이라는 팻말이 붙은 창구 앞에서 공무원에게 용건을 말했다. 그는 옆쪽을 가리키며 대기 번호표를 뽑아오라고 말했다. 몇 걸음 옆으로 가서 번호표를 뽑아와서 들이밀었다. 공무원은 자기 앞에 놓여있는 벨을 눌렀다. 딩동 벨이 울렸다. 내 차례라는 것이다. 카프카의 소설 생각이 났다. 구소련의 어느 지방 관청같은 느낌. 세상은 다 이런 식으로 작동하는 거 아님?

*

처음으로 불암산에 박세현 루트를 설정했다.

그동안은 발 가는 대로 기분에 따라 이러저리 다녔다. 그 것도 좋았는데 나만의 행로를 정하고 주로 그 코스를 다녀 볼 생각이다. 바위 언덕, 평지, 돌계단, 내리막이 고루 잘 편집 된 길이다. 특징을 굳이 꼽자면 샛길이 많다는 것. 사람들이 주로 다니지 않는 길이다. 정상으로 가는 통상적인 코스에 서 벗어난 길이므로 길을 잘못 든 사람들이 다닐 법하다. 당 분간은 이 샛길 코스에 탐닉하게 될 것이다. 바른 길, 정상적 인 길, 대로가 있다는 편견을 잊게 될 것이다. 샛길에서 또 벗 어나는 샛길을 찾게 되겠지.

메모 🖉

독자: 시집은 왜 내시나요?
시인: 페이스북에 올리려구요.

애월에서 라고 썼다가 지우고
애월을 지나가며 라고 쓴다
바다는 여러 번 밀려왔다가
여러 번 제자리로 돌아갔다
돌아가지 않고 남은 바다에
손을 담근다
나는 애월이 아니라
서귀포를 지나갔을 것이다
이거슨 무슨 말인가
나는 모른다 나만 모른다
애월은 알 것인가

2020년 11월 25일 수요일

　

어제는 잠을 잘 이루지 못했다.

잠농사에 실패했다. 무라카미 하루키를 폄(貶)하는 사람들은 하루키가 노벨상을 탈까봐 걱정되어 잠 못 이룰 수도 있겠다. 그럴 리는 없겠지만 나는 그런 잡념에 시달리며 잠패롱을 했다. 한국 근현대시는 징징거림의 역사가 아닌가 하는 생각에 가위눌리기도 했다. 징징거린 시인과 징징대지 않은 시인을 고르는 재미도 있었다. 그렇군. 남한의 시문학사는 징징거린 시와 징징거리지 않은 시로 나눌 수도 있다. 아프다고 신음하는 것은 살아있음의 표시니까 뭐라고 할 수는 없다. 「三南에 내리는 눈」은 이럴 때 나의 전두엽을 스쳐간다.

봉준이가 운다 무식하게 무식하게
일자 무식하게. 아 한문만 알았던들
부드럽게 우는 법만 알았던들

*

　나만의 산길을 정하고 다시 가 본 길이 맘에 들었다. 나무
들은 이파리들을 다 내려놓고 혼자 서 있다. 얼마 전에 왔
던 11월의 비로 인해 불어난 물은 다 흘러갔지만 아직 끊기
지 않고 들려오는 물소리도 있다. 부코스키의 『음탕한 늙은
이의 비망록』은 생각보다 진척되지 않는다. 그간에 다른 일
들이 끼어들어서 그렇다. 천천히 읽는다. 독서가 관급공사
는 아니다. 오늘 강릉 가는데 피터 한트케의 중편 『어느 작가
의 오후』를 챙긴다. 이미 읽었지만 가방에 넣어두면 든든하
다. 오늘 내일 확진자가 500명대가 되리라는 방역 당국의 예
고가 뜬다. 3차 대유행의 시작이다. 탈진실(post-truth)은 무
엇인가. 검색해봐야겠다. 서울은 안개, 어제 기온과 같은 2℃.
초미세 먼지. 또 하루를 살게 되는군. 가짜뉴스가 진실이고
진실은 허구가 아닐까. 진실에 목매지 말 것.

*

새로워야 한다.

이 문장 한 백번 두드려야 한다.

아니 한 오백 번. 새로워질 때까지 반복해야 한다. 새로울
수 있을까? 나는 결코 새로울 수 없으리라. 이 나이에 새로움
을 꿈꾸다니. 그건 많이 우스운 실언이다. 코비드 나인틴에
뒤덮힌 2020년이 21세기의 시작이라고 전문가들은 말한다.
나의 새로움은 반복이다. 더 낫게 실패하라는 누구의 직언처
럼 더 낫게 반복하는 길 말고 뭐가 있겠는가. 나같은 20세기
사람에게 새로움은 없다. 반복하자. 매일 반복하자. 오늘이
어제의 오늘이 아니 듯이 오늘의 반복은 어제의 반복은 아
닐 것이다. 새로움은 환상이다. 새로움은 착시다. 이 말은 그
러나 새로움에 대한 부정이나 질투가 아니다. 새롭다는 듯이
쓰자. 나를 위한 쓰담쓰담. 시가 별것 아니라는 생각만 잘 챙
기자. 시가 별것이라는 자의식 비대야말로 서글프고 천박하
다. 형식이니 내용이니 비유니 어쩌니 하는 것은 입 가리고
웃자. 시는 그저 덧나는 것이다. 잘 덧나면 된 것.

메모 ✐

현존재(Dasein)는 존재론적으로 존재하는 존재자(하이데거).

어떤 시는 존재론적이다. 시 자체에 대해 질문을 던지는 시가 그것이다. 좋은 시는 우리의 존재 자체에 대해 질문하게 하는 시, 당대를 지배하는 문학적 관념에 저항하며, 존재에 대해 위험한 질문을 하는 시. 이미 알고 있는 쾌락(관념)을 반복하는 예술은 존재론적인 예술이 아니다(백상현).

..

2020년 11월 29일 일요일

..

11월 29일 0시 20분.

'재즈 수첩' 본방. 재즈는 밤에 움직인다.

주말에 출시되는 시집에는 두 편의 「밤」이 실린다. 차례만 보면 편집 오류로 볼 수도 있지만 사실이 그렇지는 않다. 동일한 제목은 독자에게 혼동을 줄 수 있어서 피하는 것이 좋겠다고 잠깐 생각했지만 무시하고 넘어갔다. 밤을 제목으로 한 시는 나의 다른 시집에도 있다. 독자는 그 점을 구분해서 읽는 눈이 있어야 한다는 게 나의 과대망상이다. 그런 독서를 할 사람은 거의 없다. '거의'라는 부사어는 문장상의 호흡을 정리하는 장식이다. 동일 제목은 나름의, 일종의 겹쳐쓰기다. 미세하고 소극적인 저항이다. 뭐, 그렇다는 얘기.

쪽대본 같은 하루다.

하루하루가 그렇다. 나의 일상이 그렇다. 일관성과 계획없이 살아진다. 조각나고 흐트러지고 무질서하다. 이게 삶의 본질이라면 동의한다. 생각한 대로 사는 게 아니라 사는 대로 생각하는 것이야말로 주체적이다.

몇 주만에 강릉 사천항에 갔다.

몇 주가 뭐야. 몇 달만에 간 것 같다. 몇 달은 아니고. 소규모 항구에 오면 나는 안심이 된다. 어디가 어떻게 진정되는지는 모른다. 어지러운 건 어지러운 대로 무시할 건 무시할 대로 제 리듬으로 출렁거린다. 항구에는 낚시꾼들이 전어 새끼를 낚아올리고 있다. 인조 미끼로 전어를 속이고 있다. 낚시꾼은 옆에 대기하고 있는 고양이에게 한 마리 던져준다. 냉큼 물고 사라졌던 고양이는 빈 입으로 다시 돌아온다. 항구에 정박해 있는 소형 어선들과 부둣가에 널부러진 그물과 밧줄들이 아무렇게나 엉겨 있다. 시의 바깥이다. 살아있는 시다. 해상도 낮은 언어 속으로 들어오기 전의 실재다. 고치고, 다듬고, 삭제하고, 바꾸고, 갖다붙이고, 슬쩍하면서 쓴 나의 시는 순도높은 가짜시다. 남들처럼 행을 가르고 토막을 내면서 쓴 시들을 읽고 시가 좋다고 말해주는 사람은 시보다 더 가짜다. 인조 미끼에 속는 전어와 같은 사람들의 안목은 미안하지만 습기(習氣)에 세뇌된 축들이다. 습을 벗어나야 한다. 시의 바깥으로 나가야 한다. 시 안에서 징징대며 가련한 언어를 지지고볶는 일은 이제 할만큼 했다. 문예창작의 문지방을 넘어서야 한다.

방파제를 넘어 해변으로 나오니 파도가 밀려온다. 일사불란을 격파하며 일제히 달려온다. 방파제를 넘다가 힘이 빠져 허공에 멈춘 물방울도 있다. 헛발질을 하면서도 물방울은 오래 허공에 떠 있다. 낙하 지점을 찾지 못해 허공을 맴돌게 될 물방울을 바라본다. 예순이 넘어 시를 쓴다는 건 좀 그렇지? 뭐가? 민망하고 싱겁잖아. 다 살았다는 뜻인가? 그렇다기 보다는 시밖에 없다는 신념을 유지하는 인내심이 그렇다는 말이지. 시에 의탁하는 거, 언어에 의탁하는 거, 문장 기술에 의탁하는 것은 거시기하다는 말이지. 좋은 시라고 평론되는 시들 좋았어? 좋다기보다 뭐 그런 거지 뭐. 그렇지?

좋은 시가 있다는 건 아직 좋은 시가 없다는 위증이겠지.

요양원에서 휠체어에 앉은 아버지를 비대면으로 면회했다.

백지에 글씨를 적어서 보여주면 아버지는 눈으로 판독하는 듯 했지만 다음 행동은 없다. 헤어질 때 왼손을 들어서 흔드셨다. 요양보호사의 도움인지 아버지 자력인지는 구분이 가지 않는다. 마음이 한 짐이다. 한 짐은 가볍군. 그럼 두 짐. 스무 짐. 백 짐. 한 짐이 백 짐이다.

*

2020년에 책 세 권을 인쇄한다.

많은가? 많다. 책을 내고 보니 책을 내는 일이 너무 쉽다. 이래도 되는가 하는 반성점에서 11월을 보낸다. 글을 너무 쉽게 쓴다. 쉽다는 것은 시쓰기의 번민이 적었다는 뜻이다. 쉬운 것은 의심스럽다. 생각이 쉬운 회로 속에서 움직인다는 말이다. 고정된 관념의 축에 매달려서 썼다는 뜻이다. 말을 다르게 바꾼다. 책을 내는 일이 쉬워졌다. 다시 말해서 책을 내는 일이 의미가 없어졌다. 시를 쓰는 일이 창작적 개념과

다르게 문장 기능으로 전환되었다. 오래된 미래. 지나간 미래
도 맞다.

메모 ✐

중국발 우한 폐렴 이후에도 시와 시집과 문학출판사와 시인이 필요할까.
그렇든 저렇든 내 문제는 아니다.
예순이 넘어서 세상을 걱정하는 일은 말려야 한다.

2020년 11월 30일 월요일

11월처럼 살고 싶었는데 오늘로 11월은 마감된다.

다 가진 듯 다 버린 듯한 11월의 풍경은 다른 계절에서 볼 수 없는 선승의 표정이다. 들고 있던 화두도 놓쳐버리고 자신의 빈 손을 내려다본다. 이뭣고. 화두는 무슨.

다르게 쓰고 싶은데 달라지지 않는다.

다르다는 게 뭔지 헷갈리기도 한다. 자율주행 자동차처럼 제가 알아서 간다. 수상하고 안타까운 노릇이다. 달라지긴 틀렸어. 그게 달라진 거군. 이런 마음 조지 윈스턴의 「캐논

변주곡」으로 때운다. 늦기 전에 「12월」도 들어둬야겠다. 그게
다르게 사는 방식이다.

*

시를 쓴다.

쓴다는 동사에 밑줄.

사람들은 어제처럼 시를 쓰고 사랑하며 고민하겠지. 시쓰
는 일을 고상하거나 심각한 일로 생각하지 말자. 대부분의 시
는 예술의 반열에 끼지 못하고 범상한 아마츄어의 중얼거림
에 그친다. 그런 시에 화를 내지 말자. 그건 범상한 시인의 탓
이 아니다. 그의 시적 역량 부족을 탓해서는 안 된다. 대개의
경우 그것은 언어 그 자체의 모순에 기인한다. 언어는 언제나
성근 그물과 같기 때문이다. 촘촘하지 못하다. 촘촘하지 못한
그물을 촘촘하게 사용하는 기술은 그러나 언제나 속임수다.
좋은 시를 쓴다는 것은 바로 그런 사기술에 능통하다는 뜻이
다. 전적으로 옳은 지적이다. 다시 말해서 범상한 언어로 범상
한 시를 쓰는 범상한 시인은 순진하게 세계와 대면한다는 말
이다. 이제 나는 식은 손으로 쓰는 시만 믿을 것이다.

φ

내가 시 한 편을 썼다는 것은 무슨 뜻인가.

그 시는 돌아올 수 없는 길에 들어섰다는 뜻이다. 시라는 통조림 속으로 들어갔다는 말이다. 내 손끝을 떠나면서 시라는 형태로 죽은 것이다. 시는 쓰여지기 전의 꿈틀거림이다. 그것은 언어라는 저해상도의 물질 속으로 들어서면서 자신을 상실하고 추상화 된다. 시는 기만이자 왜곡이지만 생각보다 훨씬 놀라운 기만이자 왜곡이다. 시는 그렇다. 나의 시는 그렇다. 한 편의 시를 쓰면서 한 편의 시를 떠난다. 시라는 글쓰기가 나에게 돌려주는 기쁨이다. 금방 나는 기쁨이라고 썼다. 그러나 기쁨은 적절한 단어는 아니다. 복합적이고 복잡한 개념을 기쁨이라고 고정시켜 놓았다. 내가 써놓고 내가 동의하지 않는 말이다. 한 편의 시를 완성하고 나면 한 편의 꿈틀거림은 사라진다. 기쁨의 뒷면은 슬픔이다.

*

약력 한 줄에 써먹을려고 문인 노조에 가입할 필요가 있을까?

있다. 없다. 있다도 정답, 없다도 정답. 너도 정답 나도 정답. 오답은 없다. 신념과 확신, 주장과 논리에 거덜나지 말자. 이제 내가 정리해야 할 말은 아이 돈 노우. 모를 때만 숭고해질 것이다. 숭고해지고 싶은 욕망은 없다. 아무도 기다리지 않으면서 어두운 책상에 홀로 앉아 있을 때 나는 이미 숭고해졌다. 빗소리듣기모임의 준회원 자격이거나 회원이 1인뿐인 시인 노조의 수석 간사의 위상으로 말한다. 11월을 적시는 마지막 빗소리가 듣고 싶어진다.

ㅁ△

미니멀리즘: 말은 적게, 작게. 물심 양면의 최소주의.

일일결산: 일과 감정의 당일 정산 원칙. 감정은 이월하지 않으며 과거사는 기각하자는 것.

메모 ✐
진심을 다한 시를 읽는데
나의 진심은 왜 움직이지 않느냐.

..

2020년 12월 01일 화요일

..

누군가 시를 물었다.

시는 정의되지 않고 개념되지도 않는다.

시는 시다.

시를 설명할 수 있다면 누군가 책상에 엎어져서 이렇게 시를 쓰고 있지 않을 것이다.

시는 무엇이 시인가를 묻고 또 캐묻는 까다로운 헛수고다.

이런 문장 역시 오작동이자 히스테리다.

'의미의 표현인 동시에 의미의 상실이라는 모순적인 구조가 언어의 본질'이라면 시쓰기 또한 언어의 운명과 분리될 수 없다. 쓰고 또 쓰게 되는 반복, 무한 반복이 시쓰기의 함정이다. 갈증은 다른 갈증을 부른다. 책을 낼 때마다 끊임없이, 끝없이, 부단하게, 그치지 않고, 계속해서, 늘, 언제나, 항상, 똑같이 반복적으로 떠오르면서 누벼지지 않은 생각이 있다. 이 시쓰기를 꼭 책이라는 출판 관행에 담아내야 하나. 복사하고 제본해서 한 권만 소유하면 안 되나. 뭐, 그것도 안 하면 안 되나. 이런 생각의 끝은 무엇인가. 시쓰기의 도착점이 인쇄라는 관습에 언제까지 복무해야 하나. 시쓰기 환경이 변화되었음을 의식하는 말이 아니다. 시쓰기의 고질적인 함정이다. 언어의 결핍 때문에 쓴 거 또 쓴다. 주정뱅이처럼 한 말 또 하면서 자신을 누벼간다. '시 참 좋더군요' 이런 인정 욕구에 시달리면서도 막상 그런 말 듣고 나면 '내 시 어디가 잘못 된 거야' 하고 뜨끔하게 된다. 이건 뭐냐.

o

찬실이는 복도 많지
찬실이는 복도 많아
집도 없고, 돈도 없고
찬실이는 복도 많네

찬실이는 복도 많지
찬실이는 복도 많아
남자도 없고, 새끼도 없고
찬실이는 복도 많네

찬실이는 복도 많지
찬실이는 복도 많아
사랑도 가고, 청춘도 가고
찬실이는 복도 많네

에헤이, 에헤이야, 어허라, 우거라
찬실이는 복도 많아

___가사는 김초희, 편곡은 정중엽, 노래 이희문

대한극장 9관은 찬실이 세 명,
늙은 시인 한 명이 뚝뚝 떨어져 앉아서 재개봉한 김초희 감독의 「찬실이는 복도 많지」를 봤다. 오즈 야스지로를 좋아하면서 자기가 진정으로 바라는 것이 무엇인지 숙고하는 영화다. 자기 삶이 잘 보이지 않을 때는 영화관을 찾으면 된다.

영화는 삶보다 해상도가 한층 선명하다. 영화는 문학과 다른 방식으로 삶을 향해 직진한다. 솔직하고 뜨겁다. 7년간 홍상수 영화의 제작을 맡았다는 감독의 영화지만 홍의 빛깔은 없다. 영화가 끝나고 1층으로 내려오니 극장은 텅 비었다. 영화보다 더 영화적이다. 이 기분은 코비드19 3단계 직전 상황인 2020년 12월 1일 18:40~20:16 사이에 충무로 대한극장 5층 9관 h열 6번에 앉아서 「찬실이는 복도 많지」를 보고 혼자 엘리베이터를 타고 1층으로 내려왔을 때 만나는 느낌이다. 복도 많지. 복도 많아. 경로표를 끊고 컴컴한 극장에 홀로 앉아 독립영화를 보고 있으니. 에헤이. 에헤이야.

메모 ✏️

오늘 오후 구름 많음
상계동 버스 승강장 전광판이 깜빡거린다.
구름 속으로 다음 버스가 오고 있다.

..

2020년 12월 02일 수요일

..

『떡갈나무와 개』『문체 연습』이 책상 앞에 도착했다.

레몽 크노다. 레이몽이나 끄노가 더 익숙하다. 표기의 표준도 폭력이군. 전자는 시집이고 후자는 장르 불명이다. 천천히 읽자. 세상의 이해관계를 떠난 입장에서 읽고 쓰는 게 어떤 의미인가를 생각하게 된다. 80대에 시집을 내는 시인의 선례가 아무런 길잡이가 되지 않는다. 문학사에 대한 부채의식으로 쓸 수도 있겠지만 나야 그런 처지가 아니다. '정신분석의 끝'에 아무것도 없듯이 문학사의 저 끝도 텅 빈 공백이다.

어떤 이는 문보영에서 시를 시작한다고 들었다. 문보영은 누구지? 검색해보니 그는 1992년생이고 2017년 시집『책기

둥』을 펴냈다. 젊구나. 역시 시는 20대의 산물이야. 나는 어디서 다시 시작할까. 배움도 독서도 시집도 없는 시인에게서 출발해야겠다. 그게 만만하고 막막하거든. 고루하고 낡은 목청으로, 쉬지 않고 잔소리하는 노인처럼 징징대는 시를 쓰다가 말자. 20대 이후에도 시를 쓴다는 것은 에, 또, 조또마떼 구다사이. '내 시의 운명에 대해서도 말을 삼가자.'(황동규) '삼가자'를 '아끼자'로 고쳐 쓴다. 삼가지지 않음에 대한 저렴한 변명. 12월 초의 덜 익은 햇살 한 줄이 마음에 걸려 출렁거린다. 덩달아 나의 문장들이 온몸으로 징징대며 생경스러운 리듬을 탄다.

æ

『대산문화』(2019년 여름호)에서 탄생 100주년 문학인 기념 '나의 아버지'라는 페이지를 읽었다. 김종문(1919~1981) 편이었고, 필자는 시인의 차남 김영한이었다. 1951년생 차남이 아버지 김종문을 회고하는 글은 지나간 문학사적 풍경을 얼핏 보여준다. 김종문은 평양 출생이고 육군 소장으로 예편했다. 그 좋다는 별자리를 버리고 집에 들어앉아 시를 쓴 비현실적 이력이다.

시인 김종문의 묘 앞에서 다 큰 손주들은 할아버지가 시인인 줄 모르고 그저 잘 나갔던 외할아버지 얘기만 했다고 한다. 외할아버지는 군사령관을 지낸 고위 장성 출신이었다. 태어나기 전에 친할아버지가 돌아가고 어릴 때 미국 유학을 떠났던 손주들인지라 할아버지에 대해서 아는 것도 관심도 없었다고 한다.

집안에는 또 한 사람의 괴짜(?)가 있었다. 괴짜는 과장하면 술주정뱅이였고, 동아방송에서 음악을 틀어주며 살았는데 술 마시느라 월급은 한번도 집에 갖다주지 않았다. 대신 숙모가 한 달에 한번씩 와서 생활비를 타갔던 것으로 조카는 기억한다. 김종문 집안이 잘 나갔을 때 얘기다. 김종문 아들은 아버지와 삼촌의 시를 한번도 읽어본 적이 없다고 했다. 아마 아버지에 대한 반감으로 일부러 피했는지도 모르겠다고 회상한다.

대학시절 종로나 광화문에서 삼촌을 우연히 마주치면 도망하기에 바빴다. 자기를 유난히 예뻐하셨던 종삼 삼촌은 얼마나 상처를 받으셨을까? 조카는 아버지와 삼촌을 동시에 회고하면서 여러 상념에 부대낀다. 과연 나는 아버지보다 행복하고 가치있는 삶을 살아왔고 살고 있는 것일까? (잘 쓰려고 했는데 뜻대로 되지 않는 글이다. 욕심이 앞섰다. 김종삼의 시를 생각하면 나의 이런 잡글은 부끄러움에도 이르지 못한다. 몇 번 고쳐썼지만 글은 나아지지 않고 이 모양이다. 김종삼은 내게 객관화되지 않는 시인이다.) 이런 불편한 마음 탕감하려고 김종삼의 「掌篇」을 밑에 달아놓고 읽어본다.

작년 1월 7일
나는 형 종문이가 위독하다는 전달을 받았다
추운 새벽이었다
골목길을 내려가고 있었다
허술한 차림의 사람이 다가왔다
한미병원을 찾는다고 했다
그 병원에서 두 딸아이가 죽었다고 했다
부여에서 왔다고 한다
연탄가스 중독이라고 한다
나이는 스물들, 열아홉
함께 가며 주고받은 몇 마디였다
시체실 불이 켜져 있었다

관리실에서 성명들을 확인하였다

어서 들어가보라고 한즉

조금 있다가 본다고 하였다

..

2020년 12월 04일 금요일

..

오늘 시집이 내 집 문 앞에 도착했다.

12탄이군요. 축하합니다. 택배님이 말한 건 아니다.

책을 묶는 의지와 관계없이 내 앞에 드러난 책은 또 낯설다. 거기에는 적응되지 않는 무엇이 있다. 말하자면, 나는 왜 이런 일을 저지르는가. 그런 참괴감을 억누르기 힘들다. 한 입으로 두 말 하는 모순된 심정이다. 책을 내고 또 내는 이 반복작업은 내게 무엇일까. 심오한 까닭이 없다는 게 내가 글을 쓰는 거의 유일한 이유라면 이유다. 이유없이 쓰는 거지. 시를 쓰면서 넘치거나 부족한 것만이 나의 시 같은데 그것은 늘 시에 담기지 못하고 버려진다. 넘치는 것과 부족한 대목을 잘라내고 나면 또 그만큼이 시의 양변에 남아돈다.

그래서 그 양변을 자르고 자르는 게 나의 시인지도 모르겠다. 하고 싶은 말과 말해진 것 사이로 흘러가면서 나는 실종된다.

오늘은 시집이 나왔으므로 거하게 자축해야겠다.

나머지는 불암산 둘레를 걸으면서 생각하자.

그런데 무엇을 더 생각해야 하니?

더 생각할 것이 남아있지 않은 텅 빈 공백에 대해서.

只

이 글은 이제 마무리할 때가 되었다.

12월이고 생각도 정산할 시점이다.

일기처럼, 비망록처럼, 넋두리처럼 써 온 글이다. 종합적인 잡글이다. 어떤 명명이어도 상관 없겠다. 무직인 내가 자신에게 부과한 루틴이 바로 '이' 글쓰기였다. 그동안 대책없이 이 글쓰기에 매달려온 내가 고맙다. 그러나 나는 내가 아님을 잘 안다. 나는 언제나 당신이다. 당신은 내 몸에 찰싹 붙은 살갗이다. 이 글의 마침표를 찍으면서 당신과도 작별이다.

산산이 부서진 이름이여!
허공 중에 헤어진 이름이여!
불러도 주인없는 이름이여!
부르다가 내가 죽을 이름이여!

다시 만날 때까지 잘 있기요.
다시 만날 때는 우리 일자무식으로 만나자.
낫놓고 기역자도 모르는 문맹의 기쁨으로 만나자.

필멸하는 인간의 덧없는 방식으로

ⓒ박세현, 2021

1판 1쇄 인쇄__2021년 11월 10일
1판 1쇄 발행__2021년 11월 15일

지은이__박세현
펴낸이__양정섭

펴낸곳__예서
    등록__제2019-000020호

제작·공급__경진출판
    사업장주소__서울특별시 금천구 시흥대로 57길 17(시흥동) 영광빌딩 203호
    전화__070-7550-7776 팩스__02-806-7282
    홈페이지__http://https://mykyungjin.tistory.com
    이메일__mykyungjin@daum.net

값 13,000원
ISBN 979-11-91938-02-9 03810